# 伸予

KiichiRo
TaKahashi

JN091421

高橋揆一郎

P+D
BOOKS
小学館

# 目次

# ぽぷらと軍神

どうしてこう運のわるいことになったのだろう。母親の千代がいうように、よく古《ふ》るしい昔の、まだじぶんというものが生まれない前の、先祖のおこないがたたって、いつまでも運のわるいというひとがあるというけれど顔も知らない先祖のために、じぶんが運がわるいのはなっとくできない。それはどういうふうに運がわるいかというと、四年生になったとたんに加藤ばんじゃあがじぶんの受持ちになったことである。尋常から高等まで三十も組があるのに、どうして加藤ばんじゃあが四年一組の受持ちになったのだろう。みな、どうか加藤ばんじゃあにだけは当たりませんようにと拝んでいたのに、願いは当たらなかった。じぶんとしては、ばんじゃあの組になりさえしなかったら、神様が校庭をさかだちして十回まわれといってもそうするし、千代に毎日銭湯へ行けといわれればそうするつもりだった。家の前を毎朝掃いたり、祖母のりんにかわって店番を手伝うことも、なんだってたやすいことだった。でも、もうみんなむずかしくなった。うんめいは決まったのである。

校庭の隅の、ぽぷらの根元に腰かけて、順吉はいつまでもかんがえている。家は目の前だし、そろそろ腹もへっているし、四月になったばかりの雪どけの風はつめたいことはつめたいのだが、どうしても家に帰るという気になれない。順吉がくるしいような気持ちになっているのには、もうひとつわけがあった。

それは順吉が一学期の級長にえらばれるのはまちがいないことである。三年生の一学期に級長になってよろこんだのとは、だいぶわけがちがう。炭坑のえらいひとの子どもで、めがねをかけた相馬くんは、頭はいいが高慢ちきなので、みんな一学期は順吉で、相馬くんはそのつぎときめているのだった。でももうだめだ。加藤ばんじゃあの組になれば、級長がいちばん先にぶんなぐられるのである。

ばんじゃあは、あれほど嫌われているのも平気で、三角の黄色い目をして悪魔のように教室に入ってきてきょうからこのおれが、四年一組の先生になるといったのだった。そのときの胸のどきどきが、まだ続いているような気がする。

お前たちは親の子どもではない。親が国にたのまれて育て、国に返すために生まれたのである。親からして親ではなく、きをつけえ、かしこくも陛下の子どもである、やすめ、親も子もみな子どもである、というようなことをいった。おそろしい先生とはだれも知っていたが、やっぱりいうことまで変わっている。親も子もみな子どもであるというのは、そこが分らない。だいいち、ひげをはやして、酒を飲んだり、やっとばかり米俵を持ちあげたり、げんこつのようなのどぼとけを動かして黒い声を出す父親の達吉や、椿油の匂いをさせ、大きな乳房をぶらさげている千代が、子どもであるというのはおかしい。そのあとで、ばんじゃあは、あした級長のせんきょをする、といったのだった。胸をずどんと鉄砲で打たれたようだった。

放課後の鐘が、からんからんと鳴っている。順吉はやっと立ちあがり、肩を落として歩き出し、文昭堂の字が薄くなった看板を見上げて店先から家の中へ入っていった。祖母のりんが、リノリュームを敷いた居間の、硝子戸をしめ切ったまま、横着をきめて中から店番をしている。おかえり、ままけ（食）やあ、というのを聞こえないふりをして、鞄や帽子を隅にぶんなげ冷えたリノリュームにひっくり返り、壁につかえた脚をのばすと、頭はするすると卓袱台《ちゃぶだい》の下に入ってしまった。卓袱台の裏を仰向けに眺めるのは初めてだった。魚の油だか、煮汁のあとだかが蝿《はえ》をつぶしたようにくっついているので、指先でかりかりと掻いていると、りんが、さっさとままけやあという、にしんなんかもう食いたくねえ、というと、かずのこも食いたくねか、ばななほどもあるでっかいかずのこだど。順吉の鼻柱に、つんと痛みが湧いてなみだが出そうになったのは、それは大好物のかずのこが、ばななほどもあるというのに、よろこんでそれを食っても、目がさめればやっぱりあしたというものが必ず来る、そしてばんじゃあの組で級長にされるのはまちがいないので、けっきょくとしては、かずのこを食ってもだめなのだった。

　裏庭で洗濯をしている千代が、盥《たらい》の水をあける音がする。来年は一年生にあがるというのに、弟の仙吉が母親の腰にぶらさがっているのも分る。奥で咳ばらいがしたのは祖父の巳之吉で、あいかわらず焼とりの串削りをしているのである。みんなそうやって、いつもと変わらないでいるのに、じぶんだけがなみだをこらえているようなのは、それだけ運がわるいのである。千代が手を拭きふきあがってきて、どうしたっていうのさ、と順吉の足を引っぱるので、卓袱台の脚に抱きつくと、醬油の瓶でも倒れたか、顔の上でどたりと音がした。ただいまもいわずに、なにふくれてるのさ、と怒って茶布巾を使うので、ただいまっていったじゃないか！　母ちゃんのつんぼ。

おや、よくそんな口がきけたね、承知しないからね。ずるずると引き出されたので、跳ね起きるなり千代の膝を激しく打った。それは、あやうく出かかったなみだを引っこめるためだった。

仙吉がこうだんしゃの絵本をひろげている。いぬがあとおしえんやらやと声を出すのを横目に、わけを聞いていた千代が、いくらきびしい先生だからといって、何もしないものをぶちゃしないよ、母ちゃんだって、わが子がりふじんにぶたれたとあっちゃ黙っていられないけどさ、なにせ先生だからねえ、と自信なさそうにりんと顔を見合わせている。

ばんじゃあというのは、加藤友一というのが本名だが、どうしてばんじゃあというかというと、なにごとにも磐石《ばんじゃく》ということばを使うからばんじゃあになった。帝国は磐石、男子は磐石、弁当を食うにも磐石として食えという。陸軍伍長のくらいを持っていて、一年まえにこの炭坑町の小学校に現れてから、たちまちみなを震えあがらせた。叩く蹴るは朝めし前で、そのほかいろいろとせっかんのやり方を工夫するという。いまは高等にあがってほっとしているけれど、この三月まで六年二組だったものたちは、どれほどひどい目にあったか分らない。震えあがったのは子どもらばかりでなく、先生方もてあましているという。

　順吉の文昭堂の右隣りは豆腐屋の林さんなのだが、そこの文代さんが、高等を終わり、いまはその上の補習というのに通っていて、裁縫の先生といっしょに世間話や、先生がたの裏ばなしをするので、そういうことを聞いてくるのである。文代さんの話では、ばんじゃあは職員室でもはばをきかして、会議のときには軍人精神に合わないものはどなり散らすという。どういうものが軍人精神に合わないのかというと、それはばんじゃあのかんがえに合わないものである。なぜ、それほどまでに子どもを叩かなければいけないのでしょうか、と女の先生がなみだをためて質問すると、人間は痛いめに会わなければいいものにならない、強い軍人は叩かれて鍛えられるのだから叩く、という。校長が、それは分るが、なにごとにも程度というものがあるのではなかろうか、とおだやかにいうが、それが無気力というもので、教育者としての自信があやふやだから、ついつい手心を加える、ちがうかと聞きなじる。少しちがうと思われるがというと、どうちがうか説明してもらいたい、しかし説明してくれても、じぶんはじぶんの方針でやるのだというのでどうすることもできない。つい二、三日前も、この学校は、みんなはいぼくしゅぎだといってせせら笑ったという。陛下のための強い軍人をつくるのは国の大方針であって、強い軍人こそ国を救う、その証拠にこの前の帝国議会で、軍人がひと声、だまれといって腰抜け代議士を沈黙させたではないか、代議士の口先だけで、はたして国が救えるものだろうか。北支那の戦争がかれこれ一年近くにもなり、南京もかんらくさせたというのに埒《らち》があかないのは、銃後のたるみが原因である。どんと机を叩いてえんぜつをした。聞いている先生方は、かかわりあいになりたくないので目をそらしているのだという。文代さんがいうには、加藤ばんじゃあは、もう三十をひとつふたつ越したのにまだひとりもので、女の先生や補習の女生徒は逃げ回っているのに、なかなかなんだから……と、千代とひそひそ話になった。

そういうおそろしいばんじゃあが、順吉の受持ちになったのである。みないやだいやだと、いい合うのだが、もうどうすることもできない。順吉はその夜、崖から突き落とされるような夢を見た。けっきょく夜が明けたので、青白い顔になって学校へいくと、とうとう級長にされてしまった。ばんじゃあのめんこは、はやばやと金持ちの相馬くんに決まったのに、その相馬くんが級長にならなかったのでばんじゃあはきげんがわるく、せんきょというものは毛唐のまねだといって怒った。相馬くんの父親が、この学校の父兄会の会長なのだった。いいか、ばかは何人集まってもばかだ、といい、桜の形をした徽章《きしょう》を順吉に渡すときさっそく本性を表し、ふん、一銭店屋のせがれか、坑夫の子よりはましだろう、というようなことをいった。

三年生のときの道子先生のように、しっかりね、ともおめでとうともいわない。つくづく三年生のときの道子先生はよかった。袴がふわりとふくらんで、いい匂いがしたし、いまでも忘れないのは、よみかたの八ぺえじをひらいたときだ。とびがなく、春の空、といってから歌うように、まるい大きいわをかいて、ぴいひょろ、ぴいひょろぴいひょろと読んだ。その、ぴいひょろといったときの顔や声を思い出す。桃色のくちびるも、まるく輪になっていた。読本のさしえのとんびまでが桃色だった。いまは道子先生は一年生の受持ちに変わって、ときどき遠くから眺めるぐらいになっている。

学校の便所の裏や奉安殿のかげの雪もほとんど消えて、毎日なにやらもやもやとあたたかくなってきたのに、静養室ではまだ大きなストーブが燃えて、蒸発皿がぴちぴちとはねている。その音を聞きながら、頭にほうたいを巻いてもらった順吉は、寝台に寝たまま、かんがえている。いつのまにか級長の徽章がむしり取られていた。頭のうしろがずきずきと痛むのに、徽章は取られたほうがいいのだといっしょうけんめいかんがえていた。きっと相馬くんがかわりに級長になるのだろう。でも達吉や千代にどういえばいいのだろう。

女きちがいにおどろいて、いの一番にとび出したじぶんがわるいことはわるいので、そこがいいにくい。そういうばかなじぶんがくやしくなって、順吉が天井を見ながらなみだを押えていると、順ちゃん！　といって文代さんが入ってきた。ひどいことをするんだから、と順吉のなみだを拭いたが、順吉としては、文代さんに見つかったのでは、もう達吉や千代にかくすことはできない、とかんがえている。

毎日毎日、ばんじゃあの気に入るように、ものをいうのも手足を動かすのも、びくびくと注意していたのに、今日はとうとうやられたのである。朝の自習時間のとき、みなに目をつぶらせて、ちんおもうにといって勅語を暗誦させていると、廊下の向こうで叫び声が起きたのだ。急いで出てみると、炭坑のゆうめいな女きちがいが棒切れを振り回して子どもらを追いかけている。それは、じぶんの子どもを取り返しにきたのである。おらの子を返えせえ、どこさかくしたかやあ、と叫ぶので、おそろしくなって引き返そうとした鼻先で、ぱあと花火が鳴ったのだった。頬がじんとしびれてくるのが分る。生まれて初めて、びんたというものをもらったのである。いつのまにかばんじゃあが立っていて級長のくせにこのばかやろうといってまたびんたを張ったが、それは往復びんたなので、手の裏はげんこつのようになり、三発めで腰がくだけた。よろよろと廊下の壁にぶつかったときに、マント掛けの釘に頭をひっかけ血が吹き出したのである。それればかりか頭を押えてうずくまったところを、尻を蹴とばされたものだから、順吉は五めえとるもころがっていった。みんなが静かに勉強しとるのに、きさまはきさまは、といってばんじゃあは順吉の襟首を引きたて、じぶんの手にも血がついたのを、順吉の頬ぺたに乱暴になすりつけどんどんと引きずっていく。順吉はなみだも声も出ず、天井や廊下のみさかいもくるって、なにがなにやら分らなくなり、襟首が締まってきて気が遠くなるところを静養室にどんとほうりこまれたのだった。ばんじゃあは裁縫の先生に、いっちょうあがりといって出ていった。

子どもは万事先生しだいなんだからさ、きちがい先生に預けた親の方はたまらないよ、と千代が怒っている。いつのまにか夕暮れになっていた。あれから手のつけない弁当を大事に抱え、文代さんにおぶわれて早びけしてきた順吉は、少し熱を出して富山の薬をのんで眠ったが、目があいてみると、もう炭坑の材木工場につとめている父親の達吉が帰っていた。いまは夕餉《ゆうげ》の話し声で、がちゃがちゃと瀬戸物の音がまじって、達吉の黒い声が聞こえる。……どなり返されるのがおちよ、子どもは学校に奉公に出したようなもんで、奉公先でせっかんされたからちゅうて、いちいち文句をいえるか。でもさ、血まで流してるんだよ。りっぱな軍人つくるのもいいけど、けがをさせてかたわにでもなったんじゃ話があべこべじゃないか、伍長だか村長だか知らないけど、いくらなんでも級長まで取りあげなくてもさ。まさか取りあげっぱなしちゅうこともあるまいよ、二、三日様子を見て、頭をさげてくっか。くやしいけどそうしておくれよ。それからみな黙ってぴちゃぴちゃと舌を鳴らしている。発情した猫が鳴いている。順吉は布団の中から暮れていく裏窓を見ていた。うまれて初めて食ったびんたというものは、なんだか鉄棒の蹴上がりに成功した感じと似ている。天と地がひっくり返るからだった。それにしても達吉が学校に来ることだけは、死んでも留めようとかんがえていた。

つぎの日、ばんじゃあが教壇をおりて順吉の席に向かってきた。さっと血の気がひいて身がまえる順吉の、開いた算術の本の上に、ぽいとごみでも棄てるように級長の徽章を投げてよこし、ありがたく思え、といって戻っていった。手を出さずにしばらく眺めていたが、それは死んだざりがにか、かぶと虫のようにじっとしていた。ばんじゃあが算術を終わって出ていってしまうと、みな寄ってきて頭のほうたいをめずらしそうに見ては、あたまいたかったかい、などといって、ひとりが順吉の胸に徽章をつけた。学校が終わると、順吉はめいよの負傷兵のようにみなに守られて帰ってきた。

頭のほうたいも取れたおぼろ月夜の晩、達吉といっしょに銭湯へいくと、ひさしぶりに肉屋の浩《こう》ちゃんがいて歌を歌っていた。肉屋の浩ちゃんはひじょうに太い声で喋るのだが、それはいつか見たトーキーの活動写真で、風よけの大きなめがねをかけた飛行士が伝声管というものを使って喋る声によく似ているので順吉は肉屋の浩ちゃんにあこがれている。いまは、白い体を拭きながら、ほんちょにちょめの、いとやのむすめという歌を歌っているのだった。順吉がみとれていると、しなのへいたい、からかさかついで逃げていく、といってあがっていった。肉屋の浩ちゃんはわかだんなとも呼ばれている。軍隊から帰ったばかりなのに、軍隊のぐの字もいわず、ときどき夕方の校庭で、ボール投げの相手をしてくれるし、陸上の選手なので、炭坑の運動会などに出るときは、いつも少し青い顔になって走るがだれも追いつくことができない。べるりんのおりんぴっくにもそっくりだった。まったくばんじゃあとは月とすっぽんほどもちがう。ばんじゃあは、先生になどならずにそのまま軍人になっていればよかったのに……。

順吉は父親の背中を流しながらきのうの修身の時間のことを思い出している。ばんじゃあがいうには、いまは軍隊がいちばん強い世の中で、何でも思う通りのことができる、ひとができないことも軍隊はできる、その軍隊にいってきたおれは、校長も教頭も、町長も屁のかっぱである、それは磐石の自信があるからである。おれは忠君愛国だから、少しでもへなちょこを見ると頭がへんになるのだ、日本にはまだ、じゆうしゅぎというわるものがうようよいるので困る、そういうものが天下をとるのはわるいことで、軍人が天下をとれば、それはいいのである、そこのけじめのつかないやつは、このおれがせいばつしてやる、おれはけいぶほの吉田さんともひじょうに仲がいいのであるからおそろしいものはない、分ったか。みなわかりました、と唱えると、級長、どういうふうに分ったかいうてみい、と順吉を指した。順吉が、軍人がつよい、です、と、教えられた通りにですに力を入れて答えると、つよいのは軍人だけか、いまお前の目の前にいるひとはどうなのだ。という。あ、と口ごもると、あほうづらするな、いいか神田順吉、お前がなんぼ図画や唱歌がうまくてもだ、それは何の役にもたたん、お前は三年生のときは女の先生にちょこちょこされたらしいが、おれは違う。そういうのはなんぱである、なんぱはへどが出る、といった。どうしてじぶんばかりがばかにされるのか分らない。なんぱのいみを、達吉に聞いてみたいともかんがえるのだが、ひじょうにいやなことばに思われていい出しにくい。銭湯から帰る途中、肉屋をのぞいてみたが、浩ちゃんの姿は見えず足もとのどぶ板の上でいきなり犬が唸った。大きな骨を前足でおさえ、上目づかいに唸っているので、達吉の下駄の裏が返るのをかぞえながら帰ってきた。今夜もまたにしんを食う。

今日はだれがやられる番だろうか、毎日びくびくしながら学校へいくのはまったくいやになる。ばんじゃあは、よる寝るときに、あしたはだれをぶんなぐってやろうかとたのしみにして眠るのであろう。それにしても、たとえば授業の鐘が鳴ってから、急いで机に戻り、膝に手をおいてばんじゃあを待っている間、ちょっと隣り同士でひそひそ喋ったことがそんなにわるいことなのだろうか。そういうとき、ばんじゃあはすぐには教室の戸をあけず、廊下から中をうかがって見当をつけるのだった。つかつかと入ってくると、話をしたものの頭を両手に押えて、いきなり鉢合わせをさせる。そうでなければ、じぶんは手を出さずに子ども同士で耳のひっぱりっこをさせる。いうことはきまっていた。ひそひそ話というのは女のやることで、男子は堂々と話し合わねばならない、それなのに、ぬすっとの相談か、先生のかげ口か、それはおれには分らないが見るものが見ればひじょうにひきょうに見えるといって鉢合わせをさせる。もしも首に力をこめて防ごうとでもすれば、ますますいきり立ってくるから、みななみだをこらえて頭をぶつけ合うのだった。それがどれほど痛いものか、ばんじゃあはかんがえたことがあるのだろうか。わるいことに、この鉢合わせや耳のひっぱりっこは、見ているものはついついわらいたくなる。でもわらってはおしまいだった。新学期のころ、それを知らずに声を出してわらったものがつかまってひどいめに会ったのだ。ほほう、お前なかなか度胸があると見ゆる、その証拠には、他人のくるしみをわらって見ていた、そうか、もっと男らしくわらったらどうだ、といっていきなりうしろからそいつの口の両はしに指をつっこんでひろげたのである。親ゆびは耳のあたりを押え、はんどるでも回すようにぐるっぐるっと回した。ほれ、こんなに大きな口でわらいました、みなさんよく見てください、ほれほれ、ほれほれ、といって回した。そいつの唸り声といったらなかった。唖のようにあわあわと叫び、なみだとよだれをいっしょに流して、犬のように唸った。

ばんじゃあは、噛まれないようにさっと指を引きぬくとそいつの上着によだれをぬりたくって、このおれをなめるなと頭を小突いた。えんえん、えんえんと泣き出した手をぴしゃりと払い落として、なんだ、いまわらったのは芝居だったかといった。そのあと、ばんじゃあは厚い本をよみながら首をひねりひねり黒板に桜のめしべおしべの絵をかいたのだった。丸坊主の青々とした頭や、赤い首や、黒の詰め襟服の背中をみな息をころして盗み見て、雑記帳にめしべをかいたのだけれど、しんとした教室でそいつのすすり泣きを聞いていると、なんのためにめしべおしべをかいているのか分らなくなったのである。

ばんじゃあが、子どもをなぐるぐらい朝めしまえなのは、先生方にも乱暴のようなことをすることからも分る。それは新学期になって、先生方がにしんをさかなにして、一年生の教室でかんげい会というのを開いたときである。だいぶ酔っぱらってかくし芸というのをしたとき、教頭先生がおるがんをひきながら、おんなごころの歌というのを歌ったという。すると、何を思ったかばんじゃあがいきなり立っていって、教頭の背中から手をのばし、ものもいわずおるがんの蓋をしめた。教頭は片手をはさまれて、手の甲が紫いろにはれあがったという。みなさすがにおどろきあきれて口々になじると、あんたらどんな気持ちか知らないが、前線の兵隊のことをかんがえたことがあるか、酒をのむのもいいが、天下国家を論ずるならともかく、こういうすけべい歌を歌うとはこれはどういうことだ、あまりにも軟弱ではなかろうかというようなことをいった。剣道三段の高等の先生が、きみひとりが忠臣づらをするな、といってストーブのでれっきを握ったので、みなまあまあまてといって止めたのだという。女の先生はたびたび泣かされる。ある先生は教室できりすとの話をしたため、てんのうというお方がありながらきりすとの話をするなら、いぎりすへいったらどうだといやみをいって泣かした。

炭坑神社の祭りがすぎた五月なかばのこと支那の戦場で西住という隊長が戦死をし、軍神というものになった。ばんじゃあは、大よろこびでその話を聞かせたあと、みな立って目をつぶれという。こんどはひとり残らず整列びんたかと震えていると、じぶんはうしろ手にことこと靴音をひびかせながら、軍神というものはだれでもなれるものではないが、お前たちも爪のあかでものんで、今日から性根をすえねばならないといった。靴音が教室のうしろで止まり、そのまま物音が絶えたので、みな不安げに耳を澄ませていると、いきなり、たあっああという掛け声が起こったのである。まるで七面鳥が一度に十羽も啼いたかと思われるような甲高い声だったので、みな思わず机にしがみついたほどだった。

ばんじゃあは、これでたましいが入ったといって出ていった。夜、順吉は七面鳥の声を夢の中でも聞いた。ぼんやりと目がさめて、ばんじゃあというのは、ほんとはきちがいではないかとかんがえたが、それはなんだか、ぶきみなようなかんがえだった。そして、じぶんはいつどこでも、休みなくばんじゃあのことをかんがえていることが分る。

輪回しをして電信柱に衝突すればしたで、けん玉をやればやったで、ラジオの軍歌が鳴れば鳴ったで、いつもたちまちばんじゃあが浮かんでくるのである。それに、なんだかじぶんがあらあらしくなっているような気がする。三年生を終わるまでは先生に叩かれたり廊下に立たされたりするのはひじょうに恥ずかしいことだと考えていたのに、四年一組になってからはべつにそうとも思わなくなった。隣りのたけしは同じ四年生で、家も隣り、教室も隣りでいつもいっしょなのに一組ではないので叩かれない。けっきょくうんめいなのだった。しかし、うんめいはうんめいでも、ばんじゃあがほんもののきちがいに見えてくるのは実際困る。きちがいに勉強をならっているのはへんだし、きちがいだと決めても、べつに心は軽くならないからでもある。きちがいきちがいとかんがえるうちに順吉は背中の方に何やら黒い影が立っているような気がして布団をかぶった。そういうときに限ってどこで鳴るのか、みし、とか、どた、とか音がするのでますますきびがわるくなる。一分くらいたって気がつくと、頭はやっぱりばんじゃあのことをかんがえていた。想像では、いまばんじゃあをころそうとしているのだった。まともではとてもかなう相手ではないので、ばんだんえもんとか後藤またべえとか、さまざまな豪傑をえらんでいるうちに、とうとう真田十勇士が浮かんできた。十人もいれば逃がしっこないだろう。真田十勇士がばんじゃあを退治するばめんを想像しているとだんだん夢中になってきた。猿飛佐助や霧がくれ才蔵や三好清海入道が寄ってたかってばんじゃあをくるしめどうとあっあ倒れたところを幸村の一子大助がとどめを刺す。ばんじゃあはのどから血を吹いてたあっあと悲鳴をあげ、とうとう息たえてしまった。……。痛快痛快、あっぱれあっぱれと順吉が扇をふりかざしてよろこんだときぼんやりした明りが、ものの怪《け》のように順吉を見おろしていた。母ちゃん母ちゃんと声をあげて呼んだ。いつのまにか想像は夢に変わって、じぶんのかんがえではないばんじゃあが現れ、それは血を吹いて倒れたはずなのに、目をあいて順吉を見ているのだった。母ちゃん、母ちゃんてば、と呼んで仙吉の腕枕のままこっちにのびている千代の、半びらきの手をつかんで振った。千代が目をさまして、かすれた声で、夢でも見たかい、と順吉の手首をつかまえたが、見ているとだんだん力が抜けて指がほどけていく。順吉は、そのしめった大きな掌の中にじぶんをとじこめるようにていねいに一本ずつ折るのだが、折るかたはしからたよりなくひらいていくので、あきらめて固い指貫《ゆびぬ》きにしがみついていた。

もうだいぶ夏になった。窓ぎわの順吉の席からみおろすと、まっすぐに呉服屋の昭和堂があり、校庭のぽぷらの間から、店先に洗濯もののように吊るしたらんにんぐしゃつがちかちかと光るように見える。昭和堂の中はいつも倉の中のように反物の匂いがして、子どもにはあまり縁がないけれど、運動会が近くなるとらんにんぐや、運動たびを買うのでそのときは用事ができる。右隣りのはんこ屋の前で、自転車に旗をたててアイスキャンデーを売っているのはお菓子屋の若林さんのおじさんである。見ていると、はんこ屋からひとが出てきてアイスキャンデーを買った。若林さんのおじさんは、帽子をとってあいさつをすると、こんどは竹田病院の角を曲がっていく。荷台に立てた旗が、唱歌のときのめとろのーむのように首を振っている。

　これから午前の二時間めが始まろうという時間なので校庭には人っこひとりいないし、向こうの店のあたりもあまり人が通らない。ぽぷらのみどりの葉ばかりがきらきらして、それはみどり色の小判のようだった。いつも思うのだが、校庭のぽぷら並木は、秋がくると太陽に照らされて正月の注連《しめ》飾りのように見える。山吹色の小判や、宝船やお多福や米俵やらが重なり合ってちゃらちゃらと音たてているように見える。いまはみどり色の小判だが、もしかあれがほんものの小判で、みなじぶんのものだとしたら、昭和堂や赤い屋さんのような金持ちになり、文昭堂の看板も大きくして鳥居前の東京堂のように教科書を売る。父親の達吉もわざわざ炭坑の土場で材木の数を勘定しなくてもいい。酒屋の大島くんのおじさんのように、縞模様の青いいろの着物を着て角帯をしめ、ゆうゆうと帳場にすわっていればいい。しかしいまは金がないのでえんぴつや雑記帳やけしごむや、あめ玉とかにっきなどの駄菓子のほかに、着せかえ人形やぱっち（めんこ）などの安いおもちゃを売っているのである。それでも文昭堂は、場所が東門のすぐそばで、学校に通う道すじに当たるので子どもの客が多い。授業が始まったというのに、あわてて分度器や三角定規を買いに来るのもいる。そういうわけで、安物売りにしてはめぐまれているのだ、と祖母のりんはいう。炭坑のせいとたちは、文昭堂のことをぶんちゃんぶんちゃんと呼んで、学校帰りに買い食いをしたり、くじを引いて三角ののしするめを奪い合ったりするのは、うらやましいような、また、あさましいような心持ちがする。順吉が外を見おろしながらぼんやりしていると二時間めの鐘がひびいてきた。これからばんじゃあが来るのである。これから何びゃく回もこうやってばんじゃあを迎える。

みんな、声出すなよと順吉がひと声かけて机の右はしに筆入れを角度正しくおき、背をのばして前の席の久夫のぼんのくぼをにらみつけていると、やっぱり悪魔のようにばんじゃあが入ってきた。だれひとり身動きもしないので、ばんじゃあは満足そうに教壇にあがる。きりつ、けいれい、と順吉が号令をかけ、兵隊のまねをしてきょしゅのけいれいをすると、ばんじゃあは、今日は少し忙しい、お前たちは書き取りをせい、といって黒板に新しい漢字や古るしい漢字を十ばかりかいた。それからじぶんは机の間を歩きながらげんこの中の短いえんぴつをなめなめ手帳に何やら書いている。ばんじゃあがそばを通ると、みな黒板のほかは何も目に入らないというように、いそがしく顔を動かしている。ほとんど字のかけない黒田のおっちまでが、そうやって顔の運動をしているのはかわいそうな気がしてくる。隣りのたけしの組からきゃっきゃっとわらう声が聞こえてくるのは、またあらや先生が、あんちんきよひめのお話でもしているのだろうか。いつのまにか教室のうしろに回って、窓から外を見ていたばんじゃあが何かいっている。外を向いてものをいったのでよく聞こえなかったが、二度めは振り向いて、はっきりこういった。きのうの掃除当番手をあげい。ほらまた何か起こったのだ！　十人ほどがこわごわと手をあげた。ようし、そのままそのまま、といって正面に戻ると、あごで人数をかぞえいまのものうしろへ並べといった。二組で、またどっとわらい声が起こる。むこうはしあわせなのに、こっちはいよいよお仕置きがはじまるのである。十人が首うなだれて、ぞろぞろと立っていくのは、なんだか、これから代官さまの鞭で百も二百も叩かれるために着物もはきものもぬいで泣く泣く支度をしているように見えてくる。もうみな黙って、これから始まることを見ているしか、しかたがない。ばんじゃあが見つけたのは、窓の下壁の、だれかが黒板拭きを叩いたらしい跡である。白墨の粉がついているという。みつかればこうなることぐらい分っているくせに！　と順吉がはらだたしくなっていると、ばんじゃあは十人を見渡しておもおもしくいった。四年一組はこちらでございますと、わざわざしるしをつけたわけを知りたい、犯人はだれだ！　答えがないと見るとそうか、それではしかたがない、といって、右はしからびんたを張り出した。なれた手つきでぴしり、ぴしりと叩いていく。そのたびにちゃりりんと音がするのは、ばんじゃあの上着のかくしで、なにか金物が鳴っているのである。順吉が目をつぶってちょうど十かぞえたとき、はっと耳を疑った。級長出てこい、と聞こえたのである。聞きちがいかと思った。級長、呼んでいるのが分らんか！　ばんじゃあが叫んでいる。横に坐っている木下くんがきのどくそうに見あげるのが、見たこともない顔に見える。宙をふむ思いで立っていき、ばんじゃあの黒い上着の釦《ぼたん》のまわりが手垢で光っているのが目に入った瞬間、耳にぴゅっと風が鳴り、左の頰をぱあーんと張られたのである。頭の中心が鳴っている。顔をしかめて堪えていると、おれは忙しい、つぎの時間までにお前が犯人を見つけておけ、といい放ってさっさと出ていった。戸が乱暴にしまった。五十人もいるのに、教室はからっぽになったように静まり返っている。順吉はやっとの思いでだれさ！ と叫んだ。いえよ、ひきょうだよ、もう逃げられないよ、しかたがないじゃないか！ みな首を振ったり、なみだをためたりしているが、いさぎよく出てくるものはいない。順吉には疑問が湧いてくる。ほんとにきのうの掃除当番のしわざだかどうだか、それさえ分っていないのに……。だれさだれさ、といっているうちに休み時間がきて、両隣りの教室からたくさんのぞきにきた。十人もやられてるう、なにやったのさあ、とわいわいいって廊下の窓に鈴なりになったのが、いちどにさっと消えたのは、はやくもばんじゃあの姿を見たからだろう。順吉は顔がまっさおになっていくのが分る。十人といっしょに並んでばんじゃあを迎え、きりつ、とそこから声をかけた。するとばんじゃあは正面でわらった。ばかもの、なにがきりつだ、ようぎしゃが号令かける権利があっか副級長やれ。

なぜばかものなのだろう、なぜ夜汽車なのだろう、おまけになんぱでもあるし……。それはどれほどかんがえても空をかきむしるように心細く、とりつく島のない疑問である。神田、前へ出てきて報告せんか、というので出ていった。どうだ犯人はつかまえたか名探偵、といって頬をぴくぴくさせる。分りません、でした。ほほう、お前ひとりで罪をかぶろうと、こういうわけだ、こっちも手数がはぶけるといって襟首に腕をのばしてきた。順吉はじぶんでもよく分らぬ、あらあらしいものがこみあげて、その手を避けていた。くやしなみだが湧いて、初めてのように、加藤友一というおとなの顔をまっすぐに見上げた。

なんだあ、そのきらきら目えは！　それは、きさま、反抗てきではないか！　8の字を横にした鼻の穴がひくひく動いているのまではたしかめたが、もうそのときは額を突かれて順吉は最前列の黒田おっちの机にぶつかり、尻餅をついた。名探偵、しばらく頭をひやせと廊下へ引き立てられ、お前は頭がいい、柱とでも何とでも話ぐらいできるだろう、といって廊下の柱に額を押しつけて、中へ入っていった。なぜうしろ向きに立たせるのだろうか。分らないことばかりつぎつぎと起こる。向き合った柱を、虫めがねをのぞくように見つめると、目玉が寄ってぼやけてきた。何年もかかって多勢の手がたわしでこすったのだろう、柱や板壁は白茶けて、雑巾ばけつの匂いがする。くやし涙はいつのまにか引っこんで、仙吉のことや夜汽車のことやさまざまなことが頭に浮かんでくる。向こうの教室からひとり男の子がとび出して、順吉には目もくれず腹を押えて走っていった。三年生のあたりでぶかぶかとおるがんが鳴り出し、夏も近づく八十八夜と歌い出した。道子先生のおるがんに合わせて歌ったことを思い出す。あれに見えるは、茶摘みじゃないかというところが、なんだかふざけているようでおかしかった。ふしをつけて歌うとそうでもないのに、歌う前に棒読みをするとおかしくなる。それは、順吉だけでなく、みなそう思うのだろうか、そこへ来るとなんとなく顔見合わせて歌うのだった。豆腐屋のたけしは、ぱっちのほん気で大勝ちしたとき、首を振って、あれに見えるは茶つみじゃないか、といっておどけていた。いましがた、ちょっと弟の仙吉のことをかんがえたのは、仙吉がまだ一年生にあがっていなくてよかったということである。あにきが柱とにらめっこをして立たされているのを見たら、仙吉は大よろこびで千代につげ口するだろう。ほんとにうしろ向きというのは勝手がちがう。

どすん、と中で音がしてするどい悲鳴があがった。それは胸をかきむしられるようにかなしげだったが、すぐにまたどすんと音がする。廊下の窓がちりちりと震えた。悲鳴はかあちゃあんという泣き声にかわったがばんじゃあの声は聞こえない。とうとう犯人が見つかったのだろう。ばんじゃあは、どんなまじないを使って白状させたのだろうか。順吉はすっかりなさけなくなっていちど引っこんだくやしなみだがまた湧いてくる。逃げ回るのを追って床に叩きつけるのだろう、ばたばたと足音が乱れたが、三度めのどすんという音で泣き声が絶えた。耳を澄ませるとひとりやふたりではなく、教室中がすすりあげているのが分る。

がらりと戸があいたのは隣りの女子の三組で、女の先生がおそろしい顔で順吉を見てから、袴をひるがえして、一組の戸をあけてとびこんでいった。何かいい合う声がしているうち、女の先生が脇に抱きかかえて連れ出したのは、炭坑の子の辻村くんのようだった。顔のまん中が赤インキをぬられたようになり、ちびの辻村くんは、目をあけたまま静養室へはこばれていった。

いつまで立ってるんだ恥さらし、とっとと中さ入れ! こんどは前の戸があいてばんじゃあが口をまげたへんな顔になって順吉に向かって叫んだ。

支那で戦争が起こってからちょうど一年めにはじめて梅干ひとつの日の丸弁当というものを食べた。その朝、強い兵隊さんつくるのに栄養つけなくていいのかしらね、といいながら千代が梅干弁当を作ったが、あまりにあっけないので手に持ってしげしげと眺めていた。

いよいよ弁当の時間になったので、武運長久を祈って弁当をひらくと、ばんじゃあがいう。

これからおれのやるとおりにせい！

そして始まったのがまね食いだった。何から何までばんじゃあのやる通りにやる。ではこれから食う、といってばんじゃあが箸を持つのでみな急いで箸を持った。ばんじゃあが四角に切ったごはんを口に入れる。遅れないように口に入れる。それからいったん箸をおいて、ばんじゃあの口の動きに合わせ、拍子を取るように首を振りながら、もぐもぐ、もぐもぐと噛む。手は膝に揃えて噛む。ばんじゃあがなかなかのみこまないので、先にのみこんだものは噛むまねだけしている。歯がかち、と鳴ったり、ぴしゃと舌をはじいたりすると聞き耳をたて、それはくちをひらくからそうなる、口はひらくなといって隅ずみまでにらみながら食べる。やっとばんじゃあがのみこんだのでみなのみこみ、また箸を持つ。ばんじゃあが梅干をなめたので、みななめた。梅干をはさみそこねたものは、あわてて箸を握ったまま、指でつまんでなめた。ぎょろとばんじゃあがにらむのではらはらする。ものを食べながら、きんたまがちぢむような気持ちになるのではいっそ食べないほうがきらくだった。しかし、正面にすわったばんじゃあがほら穴のような鼻をうごかし、ぜんたいを見回しながらもぐもぐと噛んでいるのでは、どうすることもできない。そうやって、ひと口五十回ぐらい噛み、ところどころで梅干をなめ、三十分もかかってやっと弁当がからになったが、もう遊ぶ時間はいくらもない。それなのにこれから弁当の日は必ずこうするとばんじゃあが命令したのである。相馬くんが手をあげて、先生とおかずがちがうとき、どうするのかと聞いた。ばんじゃあは、やさしいような顔になって、そかそか、それではおかずはたくあんとあとひといろにすると答えた。たくあんがないときはどうするかと相馬くんがしつこく聞くと、ばんじゃあはちょっとかんがえてからたくあんぐらいあるだろうといって出ていってしまった。

ままにいいつけてやる、なにさこんなもの！　と相馬くんが怒って、半分も食べなかった弁当を机の上でどんと音たてた。あれはきっと相馬くんの父親か母親から文句がきたのである。二、三日してからばんじゃあは、おかずは何でもかまわないが、まね食いだけはやるといって、けっきょくこれからはばんじゃあの顔を見て弁当を食べることになった。

　達吉が氷水の機械の錆をおとし、ぴかぴかになったのを満足そうにみて、ばっちゃん、あしたからうんと氷水売ってくれやといってはんどるをぐるんとから回りさせた。店の中にも外にも腰かけを並べ、すだれをさげ、波がしらの旗を立てると氷水屋らしくなった。しろっぷの瓶やがらすのこっぷを棚に並べると、うす暗かった店先が少しきらきらした。達吉は、ほんとうはところてんも売りたいのだが、ところてんはたけしの店でも売っているので文昭堂としてはやめたのである。

氷水のことがあるので、つぎの日は少し、らくなような気持ちになって学校へいった。そういう気持ちになったのにはもうひとつわけがある。四年生以上の、図画のとくいなものを集めて、放課後にとくべつの勉強をするという、今日はその初めの日なのだった。しはんを出たばかりの及川先生がその先生で、及川先生は北海道のてんらんかいにも入選した。放課後になって順吉がいそいで及川先生の教室へいこうとすると、ばんじゃあはおい名探偵、せいぜいかわいがってもらえ、といった。こういう日は、なにをいわれても気にならず、つい走り出そうとするのを押えて廊下をびゅんびゅん歩いていった。

教室には高等のせいとも来ていて、みなこれから写生に出かけるといってうきうきしている。おなじうきうきでも順吉のは少しちがう。水彩えのぐは、五年生にならないと使えないきまりなのに、及川先生はみなを集めたとき神田はとくべつだといったのである。ばばばぁん、と口で大砲を打って家に駆け戻った。そういうわけで、今日は、おおぴらに水彩えのぐを使うことができる。

順吉は、新しい画板やえのぐ箱を肩から十文字にさげ、先頭になって写生に出かけていった。写生の行列は東門を出て文昭堂の前を通っていくものだからすっかり肩身がひろくなる。角の代書屋をまがるとすぐ、氷と染めぬいた旗が目にとびこみ、すだれの下の涼み台では女のひとと子どもが氷水を飲んでいる。あれ、順吉んとこ氷水やってるのか、とみながやがやさわぐので、ますますとくいになる。歩きながらほの暗い店の奥に千代を見つけ、母ちゃん、と呼ぶと、びっくり顔でとび出してきた。今日は洗濯したての真白いえぷろんをしている。千代は順吉を見てから、列の中ほどの及川先生に気がついて急いで頭の手拭いをとり、地べたをなめるほどお辞儀をした。及川先生が立ち止まって千代と話をしているのは心づよい。だいぶいきすぎてから振り返ると、千代はまぶしげに小手をかざして見送っているので、手をあげかけたが、千代がきんがんなのに気がついてやめた。炭坑の線路のふちの草むらにすわって白壁の事務所の屋根にねずみ色をぬっていると及川先生が助手の高等のひとといっしょに回ってきて、ああこういう色は、ぼくにはとても出せないといって、いつまでも見ていた。

週一度の図画のとくべつ教室が待ち遠しくなった。三回めのときは土曜日に当たったので家でひるめしもうわの空に、じりじりと待ち続け、二時の集合時間に体をななめにして走ってきたのはよかったが、あんまりよろこんだので画鋲を忘れている。みんなにひと粒ずつでもなめてもらいな、といって千代が包んでくれたきゃらめるに気をとられていたのだ。今日は神社の森に登るのである。助手の高等のひとにいうと、鳥居のところで待っててやるからいまのうちに取ってこいといった。画鋲なら教室のじぶんの机の中にいつでもしまってある。元気をとり戻して汗をかきかき西玄関からとびこんでいく。こういうときは、いくら走っても一向にこたえないのだった。もうせいとは残っていず長い廊下が向こうはしまで見通せるので、なんだかよその学校に見える。階段を一気にかけあがって、あけ放した四年一組の戸口に立つと、ぷんとけしごむのような教室の匂いがした。そこで順吉は金しばりに会ったように立ちすくんだのである。

教壇に人がすわっているのだった。教卓の蔭になって顔は分らないが床に並んだ脚が男と女である。男の手が、女のひとの背中を撫でている。男の靴の形が目に入ったとたん、順吉は仰天して逃げようとしたのだが、もうそのときはばんじゃあが立ちあがって、信じられないという顔で、まじまじと順吉を見た。女のひとの顔が教卓からのぞいて、さっとかくれた。窓の明るい緑を背にしたばんじゃあは、雲つく大男となって立ちはだかりそれは山がゆっくり崩れかかるように近づいてきた。お前なにしに、といった。順吉は明きめくらになって、その大きな山のいただきあたりに、せんせゆるしてくらさい、とつぶやいた。するとへんなことが起こった。ばんじゃあの顔がだらりとゆるんで白い歯が見えたのである。逃げ腰の順吉の肩をつかまえると、腹で廊下へ押し出し、どうしたんだ、ん、どうしたという。震え声で、画鋲をとりにきたことを伝えると、にわかに口数が多くなった。そかそか、なんだ画鋲のひとつやふたつ、よしよし、早くいえばいいのに、どら、いっしょにこい、といろいろなことをいい、順吉の背中を押して階段を降り、職員室に入っていく。入口で迷っているのを手招きしてこっちへ来い、ほら十本ぐらい入ってるわ、いいかんかんもいっしょに呉れてやっからな。からからと振ってみせて順吉の手ににぎらせ、しっかりやるんだぞ、お前は一組の代表だからして、といってははとわらった。

からからと鳴る丸い小さい缶を、かなへびでもつかまされたように掌にのせたまま、走って戻ってきた。神社の急な石段をのぼり、そのてっぺんから下の町並みを見おろして写生を始めたが、もうだめだった。頭の中が、いまのことでいっぱいだった。画鋲を缶ごと十本も呉れたのは、何も喋るなよ、といういみだぐらいとうの昔に分っている。それは、もしかひとことでも喋ったらころすぞといういみでもあった。ころされるたしかさは、分数でいえば1分の1ではなく、100分の100だった。みなにいいふらして仇をとることなど、とんでもないことだった。だから、それは決心できる。順吉のおびえは、そのつぎのことだ。じぶんとしてはぜったいに喋らないつもりでいても、じぶんの口がひとりでに喋り出すかも知れないとかんがえるのだ。たとえばひじょうにあわてたときとか、風邪をひいて熱にうなされるときとか、何かの拍子で気ぜつしたときとか、そういうじぶんでも分らないばめんで、喋り出さないだろうか。いたこ、と呼ばれているまじないの老婆は、じぶんでは何も知らずに、死んだ他人のことばをかわりに喋るのである。もしか自分がそうなったらおしまいである。

筆洗いの水に蟻がおぼれているのを見ながら、助けることも忘れて順吉はわるいうんめいのことばかりかんがえている。けっきょくとしては、見てはならないものを見たためにはんたいにくるしむことになったのだ。写生はまるでだめだった。及川先生に写生を渡すと、へんな顔をして黙っている。今日は初めからうわの空なのでほめられるはずはないのにやっぱり何もいわれないのはいいようもなくさみしいことだった。

高等のひとにきゃらめるを呉れてみなと別れて帰ってきた。途中、古井さんの下駄屋の角で紙芝居がかかっているので走っていくと、紙芝居は、鉄かぶとの兵士がひとり敵弾に当たってざんごうの中へずり落ちるところだった。いろめがねをかけた紙芝居屋が、だだあんと口鉄砲を打ち、うむ、と唸っている。それから、ぐんりつきびしきなかなれど、とかぶきのようにいいながら一枚抜くと兵士はざんごうの底に倒れ、べつのひとりが振り向いている。倒れた兵士の顔が前の絵と似ていないのはへんな気がする。みくにのためだかまわずに、傷は浅いぞしっかりせえ、といってから順吉を見た紙芝居屋は、あめ買わないならえんりょしとくれよといった。じぶんはあめ玉屋の子なのに、と順吉がえんりょしてうしろで見ているうちに、倒れた兵士は、てんのうへいかばんざあああい、とだんだん声がかぼそくなって死んでしまった。あれがばんじゃあだったらきらくなのに、とかんがえながら画板を引きずって帰ってきた。

　順吉が元気がないのはわけがあるのに、ろくにものもいわず、ごはんも満足に食べたがらないのはどういうわけだと千代が怒った。冬の残りのたくあんをガラス丼の中の水に浮かせ、生《しょう》姜《が》醤油につけてかりかりと味をみながら怒った。夕涼みどきになって、氷水の客がいちどに八人もきたというのに、千代はまだ怒っている。消化不良でも起こしたかと、祖母のりんがはらいたの赤玉というのを探したが、赤玉はもうなくなっていた。まもなくげんのしょうこの匂いが漂ってきたのは、赤玉のかわりにのませるつもりにちがいない。運のわるいときは、どこまでいってもわるいのだった。そのうちにもう寝るということになって、蚊遣りの煙を見ているうちに少し気がらくになってきたのはありがたい。どうして気がらくになったかといえば、じぶんの口が勝手に喋り出すのは、それは、いつもそのことばかりかんがえているからではないだろうか。掛け算の九九のように、そらでおぼえてしまわないうちに、むりやり忘れてしまえばいいと思ったのである。あんまりたよりにはならないけれど、それをかんがえついてから、急にはらがへったようになったのである。

蚊帳の中でこっそり手を合わせ、どうか思い出しませんようにと十回もくり返していると、しまいには何を祈っているのか分らないようになり、かえってぼんやりとかなしみが湧いてきた。それは、じぶんはもう何ひとつ愉快に喋ることはできないということと、すっかり学校がいやになったためだった。

もうすぐ夏休みがくる。今年はとくべつ待ち遠しい。夏休みがくれば、級長の役目が終わるので、そのときはこんなものどぶに放りこんでやると、級長の徽章を見おろすと、それは胸にたかった足長蜘蛛のように見えた。今日もたけしに誘われていやいやながら学校へいったが、ばんじゃあが、とうとうつんぼの田村くんまでなぐったのは、あまりにつらいようなことだった。それは三時間めに、ひなんくんれんをやったときで、学校じゅう大騒ぎのあと校庭に集まって点呼をとると、四年一組はつんぼの田村くんがいないことが分った。校長先生がえんぜつするころに、のこのこ出てきたのを、そのときはばんじゃあは歯ぎしりしてがまんしたのだろう。

教室に入るなり、このかたわ野郎といって田村くんを張りとばした。大恥かかせやがって、と三発ぐらいびんたを張った。田村くんは耳が聞こえないのに、なぜなぐるのだろう。田村くんは、一発めはきょとんとしていたのに、三発もなぐられたので助けを求めるようになみだをためて順吉たちの方を見た。でもどうすることもできない。ばんじゃあは、一番うしろの田村くんの席めがけて突きとばし、えりにえって、こんなどすかたわが、おれの組とはなさけないとどなった。いいかみんな、といって正面に戻ってくる。戦場ではいざかまくらというときは、人間のひとりやふたりもののかずではない、ましてかたわになった負傷兵は捕虜にならぬうちに自殺させるか、味方がころす、達者なものが役立たずをぶちころすのはしかたがないといった。あれはいつだったか、ばんじゃあは、いいかい、ないちんげえるなどはいてもいなくてもよい、おれは女はきらいだ、ともいった。

ばんじゃあとしてはそれでよくても、つんぼの田村くんまで叩くのはなんだか合わない。田村くんが声も出さずに目をぱちぱちさせて泣いているのを見て、ばんじゃあのあまりのおそろしさに教室じゅうが泣きたいような気分になった。ひなんくんれんのあとはすぐ夏休みだった。終業式が終わると、ばんじゃあがわざわざ順吉の席まで歩いてきて、級長の徽章を持っていってしまった。どぶに棄てるのはやっぱりできないのだった。女のひとの背中を撫でているばめんを見てからというもの、ばんじゃあは順吉にひとことも声をかけないし、順吉が見ても見ない。わらいも怒りもしない。授業中に名前を指さず、だいいち朝の出席とりに順吉の名をとばしていく。それはいいことかわるいことか、損なのか得なのか、順吉にはもう分らなくなっていた。

一ヵ月もの間、ばんじゃあの顔を見ずに済むので、夏休みに入ると順吉は少しずつ元気をとり戻し、日記帳を三日も四日もほったらかして、夕立ちを裸で駆けたり、たけしや、髪結いの子のまつえと校舎の縁の下にもぐったり、ラジオ体操に出たまま朝めし抜きで神社の森のかくれ家に枝葉をかぶせたりした。うら盆に近いある日のこと、騎兵隊が来て、校庭に野営を張った。これまで見たこともない大部隊だった。多勢の見物が手を振る中を炭坑の方角から馬に乗った兵隊がつぎつぎと現れ、校庭は兵隊と馬でいっぱいになってしまった。かんかん照りで地面が白くやけているうえに、秣《まぐさ》や馬ふんが畑のような匂いをたて、それに皮や油の匂いもまじって、ほこりといっしょに舞いあがっていくようだった。三角に組んだ短い騎兵銃が、田んぼの稲束のように何列にも立ちならんだ。ぽぷらの木蔭にずらりとつながれたつやつやした馬にまじって二頭のらくだがいるので、順吉とたけしは、まつえや仙吉を連れて大よろこびで見にいった。兵士が汗をたらしながら手綱をからげたり、脚を持ちあげさせたり、向きをかえたりするのに、らくだは眠そうに口をもぐもぐさせ、横柄にちょっと体を動かすだけだった。男の子が泣き泣き逃げ出すほどおてんばのまつえは、小学二年だというのにおそれげもなくらくだのそばへ近寄ろうとすると、汗だくのまっかな顔をした兵士が、おそろしい目でにらみつけた。みならくだがめずらしいので、だんだん人垣ができ、子どもの背丈ではもう前が見えなくなったのに、まつえだけがわけもなくぴょんぴょんとび跳ねている。まつえは人が多勢たかるとすぐよろこんでとび跳ねるのである。

順吉としては、らくだもめずらしいが、兵士の姿もなんだか変わっているように見える。それは小さいころから想像していたヘイタイとはだいぶちがうことに気がついたのである。

ヘイタイはいつも金ぴかだった。ヘイタイの絵をかくときは赤と黄と黒の三本のくれよんがあればよかった。帽子のまわりや襟章や肩章はまっかっかで、星や金筋や軍服はまっきいろで、いつもぴかぴかだった。いま目の前の兵隊はほこりっぽくよごれ、ぜんたいの色は、かあき色とこげ茶色をめちゃめちゃにぬったようでぴかぴかなのは鉄砲と剣だけだった。それはやっぱりふしぎなようなことだった。追い払われて、四人で砂場のへりに腰かけ頬杖をついて見ているうちにもうひとつふしぎなことに気がつく。それは兵隊たちがほとんどものをいわず、わらいもしないことだった。聞こえてくるものは時に起こる号令や、馬のいななきや、ざわざわというもののふれ合う音ばかりである。兵隊たちはみな黙って馬に水をのませ、尻にぶらしをかけ蹄の裏をひっくり返したり何やらいそがしそうに立ちはたらくばかりである。土ぼこりが舞って煙のようになり向こうの奉安殿の松がかすんで見えるほどの、人と馬の大集団なのに、なんだかへんに静かなのだった。

順吉はぼんやりと、こういう感じがいつもじぶんのまわりにあることに気づき始めていた。五十人もいるのに、はかばのように音のしない四年一組の教室のことだった。

なんだか目の前の兵隊たちが、じぶんたちと同じに思われてくる。すると、順吉には兵隊たちが勇ましいというよりは、だんだんかわいそうになってきた。兵隊たちがものをいわないのは、びくびくしているからにちがいない。そうだ、みんな毎日叩かれているのだ、まちがいない！　こんなおとなでも叩かれるというのは、なんてかわいそうなことだろう。夏祭りに見るさあかすは、ぶかぶかどんどんとおもしろそうだけれど、夜になるとさらわれた子どもたちが泣くのだ。騎兵隊が、そういうさあかすのようにも思われてくる。だんだん夕日が赤くなって、ぽぷらの影が校舎の二階の窓にまで届くころに、兵隊たちはやっと腰をおろして煙草を吸ったり水を飲んだりした。それでも、これからきゃんぷをするというのに、あまり楽しそうでもうれしそうでもないのは、まったく四年一組にそっくりだった。

仙吉を連れて夕餉に戻ってきた。千代があっぱっぱあを着て台所で煙をあげている。みずのたるよな　なげしまだ、と歌っている。騎兵さん見てきたかいと聞くので、見てきたというと、お前も一度はああやって軍隊にとられるんだから、しっかりしないば、といって卓袱台の脚をぎゅうぎゅうと立てている。

それから抱いた膝小僧にあごをのせている順吉を見て、お前ほんとにどっかわるいのかしらんね、暑気あたりでもしたかなといった。祖父の巳之吉が竹の削り屑を払って奥から立ってきた。もろ肌ぬぎで、あばら骨がいこつのように浮き出ている。さげてきた煙草盆を据え、火鉢を吹いてから、順吉、三年生にあがったら成績さがったちゅうが、どういうこっちゃ！　とめがね越しににらむ。四年生にあがってから！　と順吉が体をゆすって口ごたえすると、ほらね、そういう口のききようがさ、母ちゃんにはひとごとみたいに聞こえるよ、だけどもしか伍長先生のことだったら気にしないほうがいいよ、ゆくゆくいつまでも受持ちってことはないんだから。順吉はそこでかんがえる。

　さっき髪結いの子のまつえを追い払った兵士のおそろしい目は、そういえばばんじゃあに似ていないこともない、ああいう兵士が先生になれば、磐石になるのだろうか。だとすれば、さっきかわいそうなような気がしたのは損だった。巳之吉が、そうさな、といった。きびしい先生ちゅうもんは、愛情があるからしてせっかんをする。神田の長男が、めそめそするな。それにさ、と千代が茶碗を並べながら薄わらいをした。隣りのたけしちゃんがいうにゃ、お前、死にたくなったんだってかい、たけしちゃんにそんなことといったのかい。おかしいよ子どものくせして。たけしがゆったの、いつさ！　と順吉ははらを立てた。いつだろうが、と巳之吉が横取りをし、滅相なこと喋るんじゃねえ、寿命を粗末にするもんが、えらいひとになれるかやと怒っている。達吉が帰ってきて夕餉になった。千代がもし、死にたいといったことを達吉に告げ口するなら、とびかかって口を押えてやると決心していたのに、千代はそれはいわず、戦争はしかたがないけど、もののねだんがあがって困るとこぼしていた。

みんなびょうきもけがもしなかったが、おれもますます元気だといってばんじゃあが出席をとった。今日は神田順吉と名を呼んだ。夏休みの間にかんがえが変わったのだろうか。それは、もうとくべつ扱いはやめたぞ、というふうにもとれる。みなつらい顔になって日記帳や宿題を出したが、ばんじゃあはきっと腕がむずむずしていたのだ。宿題をやり残したものは、とりあえずげんこつあめをごちそうするといって、中指の骨をとがらせ、脳天にきりきりと揉みつぶして歩いた。順吉にやり残しはないので、ばんじゃあはなんだかくやしそうな様子で通りすぎていく。みな片目をつぶり、ひいひいと歯を吸って痛がっているのを見ると心がまっくらになる。二学期が始まったばかりのその日というのに、もうはやこの有様では、これからもくるしい毎日が続くのである。

たけしの組から、さっそく、えんやらえんやらと漁船の歌が聞こえてくるのはまったくうらやましい。そういうことをかんがえさせまいとするように、ばんじゃあは竹の棒で、ばしっと教卓を叩いた。みんな立って気をつけえ、という。ひじょうに名誉なことが起こった。ついにこの町から戦死者が出たのである。それは第二本町の重倉一等兵である。近いうちにえいれいが帰ってくるから、みんなえいれいを迎える歌をならわなければならないといった。つぎの日から運動場に集まって、その歌をならったけれど、それはちんもくとか、しらきのはことかいうのがあって、しまいにあわれゆうしはいまかえる、といういかにもかなしいような歌だった。

ばんじゃあがこれまでした軍人や戦争の話の中では、やっぱり負傷兵をじゃまにしてころすというのが順吉にはいちばんこたえている。けがをした兵士が、味方にころされるのでは強い軍人になってもしかたがない。敵弾に当たればだれだって死ぬか負傷兵になるにきまっている。重倉一等兵はどうやってころされたのだろう。きずついた戦友を助ける話や、やさしい看護婦の話などはこれまでもずいぶん聞いたけれど、ばんじゃあの話がいちばんほんとうのことに思われるのは、いちばんざんこくだからである。順吉は、軍人がしんようできなくなった。軍人はじぶんのつごうによって、ひとをころしたり叩いたりするというのではもう強い軍人になどならなくてもいい。すっかりきらいになった。そういうわけで、けっきょくまたひとつ、人にいえない秘密がふえてしまったのである。重倉一等兵のえいれいは白い布に包まれた箱に入り、父親の首にさげられて帰ってきた。順吉たちは行列を迎えて、ちんもくの歌を歌ったのだが、その白い箱に重倉一等兵の、ざんばら髪でくやしそうに目を見ひらいたなま首が入っていると思うと、きびがわるかった。九月ついたちの日に、朝礼で校長がえんぜつをし、今日から世間じゅうがはっこういちゅう（八紘一宇）になるといった。それはてんのうへいかが世界じゅうの父親になるのである。どういう父親かというと、それはいつくしみぶかい父親になる。

だから今まで以上に体をきたえ、なんぼうでも勉強しなければだめだという。順吉としてはばんじゃあが死なないかぎり、はっこういちゅうになってもなんにもならない。せっかく楽しみになった図画のとくべつ教室はどういうわけだかあれぎりとりやめになった。順吉にはたのしいことがなにもなくなったので、ぶじ放課になると、たけしがその日あらや先生に聞いてきたお話を聞きながら帰る。帰るといっても家は目の前なので、ぽぷらの根元に腰かけて聞いたり、店先で氷のかけらをなめながら聞く。お話はめくらの芳一だとか、べんてんこぞうだとか、いろいろと変わる。あらや先生はあまり勉強しろといわず、宿題も人間がこせこせするといって出さない。きらいな学科は好きになるまで待ってやる、という。そういうことからしてばんじゃあとはぜんぜんちがう。あらや先生は、じぶんはげいのうの道に入るのだったが、わけがあって代用先生になったのである、しかしまだ望みは捨てない、といってほんものの講釈師のように声色を使ってお話をする。竹の棒を張り扇のかわりにして教卓をとんとんと叩いたり泣き声を出したり、あれえといって女の悲鳴を出すという。聞けば聞くほどうらやましいのに、ひとつだけへんなことといえば、いまたけしの組で級長をやっているひとが、あらや先生をきらいだといったことである。勉強が進まないからだという。順吉にはそれがたいそうわがままに聞こえた。それにしても一組はみなが先生をきらって級長の相馬くんだけが好きなのに、二組ではちょうどその反対だというのはふしぎだった。一組の顔をかけば目は下向きの口は上向き、反対に目が上向きで口を下向きにすると二組になる。ぽぷらの小枝で地面に絵をかいて説明すると、たけしは感心して、順ちゃんはどうして頭がいいのさ、おれはこんなにだめなのに、といった。

らんどせるにものをつめながら、順吉は胸がふるえて止まらない。なぜ胸がふるえるかじぶんでもよく分らないのだけれど、わるいことが起こるのはたしかだった。鏡台の前ではやばやとおしろいをつけ、胸のところで手をひらひらさせて帯を締めている千代を盗み見、大きなためいきをついた。ゆうべあれほど頼んだのに、朝になって気が変わったのか、千代がどうしても学校へいってみるといい出したのだった。父兄会はこれまで何度もあったのに、ろくに顔を出さなかった千代が、なぜばんじゃあの組になったこのいちばんいやなときに、出る気になったのだろうか。ゆうべは、そんなにお前がいやがるのならやめてもいいんだよ、と順吉を安心させたのに。ばかに朝の片づけを急ぐと思っていたら、どんな先生だかわが子に血を流させたひとの顔を見ておきたいといい出した。

千代が、みなの前に着物を着て現れるのも恥ずかしいが、ばんじゃあが黄色の目で千代をどなりつけ、千代が泣き泣き帰ってきて達吉にいいつけると、達吉がのどぼとけを動かして順吉を怒る。そういう胸さわぎがする。

重い足どりで学校へいき、いよいよ二時間めになると、あけ放しの教室のうしろから足音を忍ばせて、ひとりふたりと父兄が入ってきた。ふり返ることもできないでいると、椿油だかおしろいだかの、女の匂いがぷんと流れてきたので、もう千代も現れて、うしろでにらみつけているにちがいないのだ。ばんじゃあがふだん見なれぬ愛想のいい顔になって読み方の授業をした。相馬くんがいの一番に読まされたのは相馬くんの母親が来ている証拠である。何もかもうわの空で、心臓ばかりがどきどきしているうちに授業が終わったので、あとも見ずに逃げ帰った。たけしを誘って炭坑の奥の火薬庫の方まで逃げかくれし、夕餉ぎりぎりに犬のようにうなだれて戻ってみると、朝の心配がそっくり当たっていたのである。達吉をはじめ、みなあまりものをいわず、夕餉を終わってしまうとちょっとここへすわれと達吉がいう。観念して膝を揃えると、達吉は爪楊枝をなめながら、お前は先生に対して反抗てき態度をとるというが本当か、という。達吉は意外におだやかで、お前を怒るつもりはない、それどころかほめてやりたいくらいだ、というのでびっくりして見ると、達吉も黙って腕組みのまま見返した。ばんじゃあはこんだん会のとき、千代に向かってお宅の子は教師をにらみ返すほど勇気もけんしきもあるのだから、じぶんとしては教えることは何もない、といったという。何のことだ? と達吉が聞く。しばらくかんがえて、きっとそれは辻村くんのときのことだと答えた。何だあ、そのきらきら目え! といって突きとばされ、廊下にうしろ向きに立たされたことを、こまかく白状した。そうか、根に持っているらしいな、陰険なおひとだなあ、と達吉がかんがえこむと、それからさ、と千代がじれったそうに膝を進めた。

お前、先生に何かいただかなかったかい。何のことさ、とおどろいていると、よくかんがえておくれよ、と順吉の目をのぞき込む。いつもとちがって千代の目もきらきらしているのでなにげなく、画鋲のこと? といったとたんに気がついた。ばんじゃあが女のひとの背中をなでているあのばめんがありありと浮かんできた。血がすうっと逆もどりしていくようだった。うっかりもうっかり、何てことをいっちまったんだろう！　画鋲だって？　品物は何だか知らないけど画鋲をいただいたのかい。順吉は首が折れるほどうなだれ、頭の中でぱっぱと火花が散っている。千代の声が揺れてきた。いえないのかい、ひとさまからものをいただいて頬かむりしようというのかい、まして相手は受持ちの先生じゃないか、なさけないよまったく！　となみだ声になってきた。母ちゃんはね、大恥かいたんだよ、どんな小さなものでも今日び大切な公けの物資をゆうずうしたのに何のあいさつもないとはいかがなものかときたんだよ、あの伍長先生が！　お前、もっと静かに話さんか、と達吉がなだめた。

分ってますよ、だけどさ、どうしてひとことといってくれなかったんだい順吉！　と泣いている。もうだめだ、順ちゃんが順吉になったのではおしまいだ。体のずっと底の方からえれべえたあがのぼってくるように、だんだんとくるしみがかたまってきて、いきなり鼻の裏をつついたので、ひょいとなみだが出た。おねがいだからさ、いっておくれ、と千代が手を引っぱった。画鋲を十本もらったのさ、とかろうじて答えた。ほんとにそれだけかい。ほんとさ、写生のときに。じゃなにかい、お前ひとりだけ。そう。そんならなおさらじゃないか、いいかいどんなわけがあってしらばくれたか知らないけど、母ちゃん許さないからね、こんなふうに育てたおぼえないよ、といって大きなためいきをつき、ほんとにさ、といった。順吉、なんで黙っていたか、それをいってみい、と達吉が腕組みをといた。とっさに口走った。忘れてたのさ！　ほんとだ、忘れてたんだ！　出まかせじゃないねと千代が赤い目でにらむ。ほんとだったら！

しんようしていいんだね、くやしいじゃないか、多勢の前でね、遠まわしにお返しを催促されたんだよ、たった十本の画鋲で……。でもいかにもしつけがわるいみたいじゃないか、この母ちゃんがさ。千代の昂奮が少しずつしずまってくると順吉は反対にものがなしくなってくる。千代が茶布巾を膝の上でたたんだりひらいたりしながら、あんまりこの子が鬼か蛇みたいにいうもんだから……。たまには画鋲をくださるという、そういうところだってあるんだから、と達吉にいっている。そりゃあま、子どものいうことだけ聞いていたんじゃ片手落ちは片手落ちだわな。

ばんじゃあが叫ぶのか、千代がどなるのかどっちだか分らないが、どっちも味方同士になって、よくもよくも恥をかかせてくれたと順吉を責めたてる、そんな夢を見て途方にくれて泣いていると千代にゆり起こされた。その千代が順吉の横に割りこんできて、天井を見ながら、いっときの災難だからさ、しんぼうしなくちゃねといったときも、まだ夢の続きのようで千代になじまなかった。ばんじゃあはもちろんだけれど、千代までがじぶんのたいめんばかりで怒ったり泣いたりしているのだ。やっと正気が戻って順吉が照れくさがっているのに、千代は弟の仙吉をあやすくせが出て布団の上から叩きながらいつのまにか低く歌っている。おはかのまえで手を合わせ、なむあみだぶつとおがみますう。そのなむあみだぶつはうす暗い中できびがわるいように聞こえる。順吉が千代の横っ腹に背中をくっつけるともう忘れかけていた安心が戻ってきた。千代は太い腕で順吉の頭を抱えこみ、きられてしんだ父親の、おはかまいりにまいりますうと、一番も二番もごっちゃにした手まり歌を歌う。息を吸うたびに千代の胸や腹がくっついたり離れたりするのをおもしろがっているうちに眠ってしまった。

校庭のぽぷらが、だんだんと正月の注連飾りに似てくるけれど、それ以上なにもたのしいことがないので、ときどきべるりんおりんぴっくのような浩ちゃんを思い出したり、流行歌の本からわらぶき屋根のさしえを写したりして気をまぎらせるが、あしたの学校のことをかんがえると、夕ぐれの沼の水面が、にぶく光っているようなけしきが浮かんでくる。いつからそんな想像がうまれたか分らないがその水面すれすれにばんじゃあが沈んでいて水の中からいつもにらんでいるのだった。ときどきぼちゃと音をたてて空気を吸い、またじっと沈んでいる。

赤とんぼがだんだん少なくなってきた。迷ったのが一匹、店先のがらすけえすに弱々しく止まっていることもある。追う気もなく見ているうちに、すっとどこかへとんでいった。

達吉が早く帰ってきた日は、ちょうど台所からとうきびをゆでる匂いがしていたところなのに、あかるいうちに銭湯へいくというのでしかたなくついていった。達吉がしゃぼんをぬってくれた手拭いで体をこすっていると、どこかおとなのひとが出征兵士の家は気の毒だという話をしている。だいこくばしらというものがなくなったので、苦労をするのである。それからひそひそ声になって、駅の向こうの醤油屋のだれそれは、兵隊がいやで炭坑にもぐりこんだ、そうでなければ、なにもわざわざ……というような話になる。やっぱりだと順吉は思う。それは近ごろかんがえたことだが、日の丸を振って駅で出征兵士を送った日など、千代が浮かぬ顔で、もしか父ちゃんに召集でもきたらどうしよう、ということだ。達吉は、おれより若いもんがうようよいるさ、といって、やっぱりおもしろくない顔で腕を組む。それは、おとなでも兵隊になるのをいやがっていることになる。そんな腰抜けは軍隊にぶちこんでたたき直してやる、とばんじゃあが叫ぶのと合わせれば、ちゃんと合うのだった。けっきょくおとなもぶんなぐられるのがいやなのである。それなのに、子どもには強い軍人になれといったりするのは、ひきょうのように思える。夏休みのときの騎兵隊を思い出す。

達吉が、こっち向いて頭出せ、というので力をこめて目をつぶると、目えつぶるのはまだはやい、といってごつごつした手でしゃぼんをつけ、乱暴に頭じゅうかきむしった。それからじぶんの膝の間に順吉の頭をかかえこんで、あいずもせずにお湯をかける。口をあけて息してろ、というけれど目や鼻や耳にまでお湯が入るようでほんとうに息がつまるのだ。やっと手拭いで目だけ拭くと、もしゃもしゃとひげのはえたきんたまが目の前にあらわれた。もしか兵隊にとられたら、こんなに腹までひげもじゃの達吉でもびんたを張られたり蹴とばされたりすると思うと、ひじょうにくやしいような気持ちになった。

いつものように達吉の下駄の裏をかぞえて帰る途中、質屋の路地からめずらしくにちろう戦争が出てきた。にちろう戦争は、金筋の入った丸い帽子に、いんであんのように毛を立て、古るしい軍服を着て仁丹やせいろう丸を売って歩く。びっこをひいて、手風琴をぷかぷかと鳴らしながら歩く。立ち止まってみていると、にちろう戦争は帽子のまわりに、くるくると雪虫を舞わせて、病院の竹田さんの勝手口で手風琴を鳴らしている。くすり屋さん、そこは病院だ、見当ちがいだろうよと達吉が叫ぶと、にちろう戦争は看板を見あげてからぷいと横を向いて角をまがっていった。

ぽぷらの葉がひっきりなしに散る、風のつよい午後、校庭で遊んでいると、はんこ屋の五年生の子がかまいたちにやられた。膝かぶの傷口はぱっくりと大きいのに、あまり痛いような顔もせず、竹田病院に走っていって真白のほうたいをしてもらった。一時はびっくりしたけれど、あれでたいして痛くもないというのは、どんなしかけになっているのか分らない。そんな変わったことがあったつぎの日がまた、あのいやな日の丸弁当の日だった。順吉は梅干はきらいなので、千代にいって皮は取ってもらう。ちょっとなめるだけなら、それでじゅうぶんだった。ばんじゃあは、いつものようにけんさに歩いてきて、順吉の前の席の久夫のところで足をとめ、とんきょうな声をあげて、なんだ、こりゃ、味噌まる弁当だといってわらった。久夫は梅干のかわりに、なま味噌を埋めこんできたのだった。しかたがなかったのである。どうしてかというと、久夫の家ではついこの間、父親の大酒のみに愛想をつかして母親が逃げていって、いまは久夫がごはんをたいたり、ふたりの弟のめんどうを見ているのだ。久夫の耳たぶがまっかになっている。ばんじゃあは大事な日の丸に味噌くそぬりたくるのは感心しない、ほらめぐんでやる、といってじぶんの弁当から梅干をひとつくれた。それでみな分ったのだが、ばんじゃあは梅干をふたつ入れていることだった。久夫はその梅干に手をつけなかった。なんだかあさましいのは、ばんじゃあが、それをずっとたしかめていたことである。熊谷、おれの梅干に毒でも入っていたか、という。梅干ひとつで前線の兵隊は十日も二十日も生きのびる、この炭坑でもいざらくばんでとじこめられたときに、梅干ひとつで助かったものがいるというのに、お前はそれをばかにしている、おまけにこのおれに恥をかかせた、といって黄色い目でにらんだ。つぎの日、久夫がじぶんでつくってきた弁当はやっぱりなま味噌だけだった。久夫がなま味噌を弁当箱のふたに湯でといて、からからとかきまぜたので教室中、塩引きやお香この匂いのところへぷうんと味噌汁の匂いがまじって、そのときはなんだか、久夫がいちばん温かい上等なものを食べるように見えたのだった。

いつものまね食いが始まったが、その日はばんじゃあの動きがおかしいのである。いつもはごはんをひと口、おかずをひと口とかわるがわる食べて箸をおくのに、ばんじゃあはおかずをふた箸も三箸もつづけてゆっくりと口に運ぶ。みなふしぎに思ってその通りにしているうちに、ばんじゃあがちらちらと久夫を見るのでやっと気がついた。久夫の箸には、つまむものが何もないのだった。箸の先につゆをつけてなめるだけだ。そのうちに、たまりかねて久夫がふたに顔を寄せ、口をとがらせてしゅうと汁を吸った。ばんじゃあは、そのときを待っていたのである。熊谷、犬やぶたじゃあるまいし、箸を使え箸を、といった。順吉の机が、かたかたと音をたてた。小さな地震でもきたかと思った。見ると久夫の背中が揺れて泣いているのが分る。耳たぶや、ぼんのくぼがひくひく動くのは、ごはんを噛み噛み泣いているのである。いつもにこにこ顔の久夫は、どんな顔になって泣いているのだろうと思うと、順吉はもう佃煮も煮豆も食べる気がしなくなった。横目でぽぷらを見ているうちに、ぽぷらのてっぺんがぼうとかすんできてそれは黄色や緑のえのぐが画用紙ににじむようなあんばいに、曇り空にとけてきらきらと反射した。巳之吉の老眼鏡をのぞいたときのようだった。けっきょく久夫は、初めにひっとひと声洩らしたけれど、あとはときどき洟《はな》をすすりながら、もう味噌汁には箸をつけずにからめしを食べていた。つぎの週の弁当の日久夫は弁当はもってこずについにどろぼうをした。校庭で遊んでいるうちにふらふらと校門を出て髪結いの隣りのぱん屋から豆ぱんを盗み出そうとしてその場でつかまり、学校に電話がかかったのである。三時間めが始まってからばんじゃあは肩をそびやかして久夫を連れ戻り、戸をあけるなり久夫の腰を蹴とばした。久夫は泳ぐように走って教卓にしがみつくと、白墨のぶりき箱がするするとすべって床で大きな音をたてた。白墨がころころと机の脚の間をころがってくる。久夫はもう二、三発なぐられたのだろうか、唇からうすく血を流しているように見えた。

ばんじゃあは久夫を教壇に立たせ、しばらく天井をにらみつけてから、みんな、四年一組からとうとうどろぼうが出た、ぶしはくわねど、というのに熊谷はどろぼうになった、このおれがよっぽど憎いのか、大恥をかかせてくれた、おれとしてはほうふくをする、といった。初めて聞くほうふくということばは、いかにもおそろしいいみがあるようだった。久夫は霜ふりの服の下に何も着ていないのだろう、釦のひとつかけちがえたすきまから、丸いへそをのぞかせ、その下にずぼんをしばったひもをぶらさげている。泣きもせず、唇の血をなめてこっちを向いて立っている。ばんじゃあは、それでは始める、といって上着のかくしから紙袋をとり出したが、まるでこれから人間手品をやるというように見える。これは熊谷が盗もうとしたぱんであるが金はおれが払ったので、もうとうひんではない、熊谷はこれをみなの前で食ってみせてくれ、おれはどろぼうがものを食うところを見たことがない、みんなも勉強のためによく見ておけ、といって、久夫の手にぱんをむりやりつかませ、じぶんは教壇をおりて腕組みをして眺めている。みな声もなく見つめるばかりだった。久夫はしばらくぱんを眺めてから、やがてうつむいたまま食べ出した。なんだかゆうゆうとして食べている。のどがつまると首を振ってのみこみ、足もとのひとつところを見つめたまま最後のひときれを口に入れた。とたんにばんじゃあはぴくぴくと頰を引きつらせ、教室中を見回してからじぶんの膝をぽんとひとつ叩き、いやはやといってわらった。そして、うまかったか、と近づいていく。久夫は指をつっこんで歯を掃除し、いそいで手をおろしたがばんじゃあは、よくまあ食えたものだな、恥を知れ恥を！と叫ぶなり、ぴしりとびんたを張った。久夫の顔は押えつけたごむまりのようにぶるんとはね返った。順吉はそのとき、ばんじゃあという人間が、おそろしさを通りこして、この上なくずるがしこく思われた。むりやり食べさせて、それがわるいといって叩くのでは、食べても食べなくても初めから叩くつもりでいるのであって、けっきょくとしてはばんじゃあは子どもを叩くのが好きなのである。ばんじゃあはどろぼうにおいせんだったな、もう面あ見たくない、といって久夫の襟首を引いて廊下へ放り出し、あしたの朝まで立っとれと戸をしめた。

順吉が掃除当番を終わって帰るときも久夫は立っていた。声をかける勇気もなく振り返るとやっぱり黙って立っている。それは丸いこぶのついた棒杭のようにも見える。順吉はおそろしい芝居を見せられたあとのように、階段下の暗がりや、ふいに前を横切った人影や、玄関わきの地べたに落ちている破れた運動靴などに、いちいちびくつきながら帰ってきた。それからずっと家の中でしんぼうしていたのだけれど、日が落ちかかるころになるとたまりかねて隣りの文代さんを呼びにいった。文代さんが補習のセーラー服のまま赤い鼻緒の下駄をつっかけて出てきたのをものもいわせずわけを話し、頼むから見てきてよ、まだ廊下に立っているかも知れないんだ、と手を合わせた。文代さんが、よし、といって駆け出したので、順吉は店の菓子壺からすばやくたんきりあめをつかみ出し、あとから走っていく。東門のぽぷらのところで文代さんが振り返り、順ちゃんここで待ってな、いなかったら窓から手を振るし、いたらすぐ戻ってくるよ、どっちみちあめ玉じゃかわいそうだからね、といって校庭をななめに走っていき、先生が出入りする中央玄関から、すかあとをふわりとひるがえして消えた。校舎を照らす夕日が二階の高い窓にきらきらと反射しているが、校庭はかげって、どこかでごみを焼いている煙がうす青いもやのように漂っている。順吉は四年一組のきらきら光る窓と中央玄関を、かわるがわる見ていた。それは探偵ごっこなどくらべものにならないどきどきする時間だった。豆腐のらっぱが聞こえてくるのは、たけしの父親がりやかあを引いているのである。もう足もとがひえびえして、順吉がぶるんとひとつ震えたとき、四年一組の窓がひとつするするとあいて文代さんの白い顔がのぞき、手を左右に振った。窓は目をつぶるようにあっけなく締まった。久夫はいなかったんだ！　いつどうやって帰ったのだろう……。文代さんが中央玄関をころげるようにとび出し、いちもくさんに走ってきた。盛りあがったセーラー服の胸を押え、はあはあいいながら、ああきみわるかった、ひょっとしたら死んでいるかも知れんと思ったりしてさ、でもだれもいなかった、これを返すといって掌のたんきりあめを返してよこした。ふたりはわるいことしたあとのように全速力で駆け戻った。

久夫の味噌汁の話に千代はなみだを浮かべて、いくらなんでもそりゃひどいよ、だけどその分じゃあ、きっとぱん代のお返しを催促するよ、といってつぎの朝ふたり分の弁当をこしらえた。秘密の爆弾をかくし持つようにして学校へいくと久夫の姿はなく、その日はとうとう席はあいたままだった。朝の出席をとったあとでばんじゃあが、二学期の級長はさすがにえらいといった。見ると相馬くんが顔をあからめている。きのうひとりでおれのところへ来て、熊谷を助けてやってくれ、責任は級長にあるといった、なにごともそういうぐあいに、進んで責任をはたすことが大事である、というようなことをいった。ひる近くになって、弁当をふたり分かくし持ってきたものが順吉のほかにも三人、四人といることが分ったけれど、久夫の席はとうとうあいたままで、それからもう久夫は二度と学校へ来なかった。

蒸発皿の湯気がからみ合うように、雪虫が湧き立っている。うっすらと霜の降りた朝、めりやすの上に毛糸のせえたあを着せられ、少しふとったようになって学校へ出て来た順吉は、朝会に現れたばんじゃあを見てびっくりした。目の上にばってん印の絆創膏《ばんそうこう》を張っているのだった。ばんじゃあは朝会のときばかりでなく、その日一日じゅう、だれか絆創膏をわらうものはいないかというように、ゆだんなく見回して、いつもよりかずっとぴりぴりしていた。校門の外に出てからはじめて、ひそひそと絆創膏のことを話し合ったけれどだれもわけを知らないし、そういうときでもばんじゃあがどこかで見ているようできびがわるく、急いでさよならといって別れた。びっくりすることは、その二日ぐらいあとにも起こった。やっぱり朝会のときに、こんどはあの道子先生が紋付を着て壇にあがり、ほとんど聞きとれない声で、今日かぎりなつかしいみなさんとお別れですとあいさつをし、全校せいとが並んでいる中を、口を押えて逃げるようにやめていってしまった。かわいがってくれた道子先生が急にいなくなったのでは学校はいよいよあじけない。順吉は、しばらく忘れていたぴいひょろろという桃色のまるい口を思い出し、浮かぬ顔になってばんじゃあの目の上の、ばってんが横一本になった絆創膏を盗み見ている。

まったくこのばんじゃあさえ死んでしまえば、道子先生が学校をやめたぐらいで、こんなにめいることもないのに……。

ばんじゃあのけがのわけは、その日たけしが教えてくれた。聞いて順吉は、ふええと声をあげた。あれは肉屋の浩ちゃんとなぐり合いのけんかをしたのだという。ばんじゃあが、夜ひとりものの先生住宅で、窓から外を見ると、浩ちゃんがゆうかくから出てくるのを見た。青い着物を着てふところに手を入れて出てきたので、この非国民というようなことをいってけんかを吹っかけた。なにがわかだんなだ、ともいったという。それから取っ組み合いになったけれどすぐ仲裁が入って、浩ちゃんはけいぶほにだいぶ怒られたのだという。ばんじゃあの目の上の絆創膏はそのとき浩ちゃんにぶんなぐられたきずだという。順吉はひじょうに痛快に思って、ほんとだね、と何度も念を押すと、姉ちゃんがいったんだからほんとだとたけしが胸を張る。ばんじゃあをなぐるひとが世の中にいたなんて！　それがしかもべるりんのおりんぴっくのような浩ちゃんだったとは……。

だけどさ、と順吉は気にかかることがある。いまいったろたしか、浩ちゃんがゆうかくにいったんだって。そう、着物きて。順吉のあこがれが急にけしとんだようになったのはそのときである。ゆうかくは、わるい坑夫がま夜中に頬かむりしていくところで、中には八犬伝の毒婦玉梓《たまずさ》のような女がうようよいる。そしてへんなことをして男をだまくらかすのである。ゆうかくは、先生住宅からもう少し奥に入った谷間のようなところにあって、子どもたちはぜったいに近づけないのである。そんなわけで浩ちゃんとゆうかくはまったく合わない。けんかはばんじゃあが負けたようで嬉しかったが、けんかのわけはばんじゃあの方が正しいようにかんがえられるところが気にいらない。まったくがっかりする。ばんじゃあとね、浩ちゃんとね、さんかくかんけいなんだとさ。たけしは顔をしかめて、肉屋の浩ちゃんはいやらしい、と文代さんの口まねをしてみせた。

心配して聞いただけなのに千代はどうしてああなんだろう。大事なことは教えてくれず勉強せえ勉強せえというばかりか、そんなことでは兵隊さんになれないよ、と思いつきをいってみたりで、やさしいところもあるのにはらが立つ。さんかくかんけいて何さ、と聞いただけなのに、突然目をむいて、お前、そんなこと子どもが知らなくていいの！ と怒った。まったくびっくりした。

そのくせ達吉が帰ってみんなで夕ごはんになると順吉も聞いているのに、とうとう長岡の道子さんも肉屋のおかみさんだよ、さすがの伍長先生もこの道だけは思うようにいかなかったらしいね、といって達吉とわらったのだった、もうそれで分った。ゆうかくなんぞへいってきた浩ちゃんに、あの道子先生がよめにいき、肉屋のおかみさんになる、それにはらをたてて、ばんじゃあが浩ちゃんにけんかを吹っかけばってん印の絆創膏を張ってきた。

たけしが、さんかくかんけいといって、石筆で長いことかかって地面にかいた、あの四角のような三角形が目に浮かぶ。三人がわめき散らしながら、その線の上を追いかけっこをしているように思える。みんなだめだった。べるりんおりんぴっくも、ぴいひょろろも、穴のあいた風船になってしゅうとしぼんでしまった。それなのにばんじゃあといえば、今日も教室に新聞を持ちこみ、みんなよろこべ、ああ、いまぞぶかん（武漢）に日章旗とふしをつけて読み、これからますますようしゃなくきたえる、といったのだった。日本が戦争に勝つのはいいけれどそのたびにばんじゃあが元気を出し、びしびしきたえるというのはばんじゃあは、そのたびにお金でももうかるのだろうか。そこが分らない。

ごはんもあまりたべたいとは思わない。箸の先をそろえて卓袱台に置き、おれもう学校なんかいやだ、といった。おれってことあるかい、と千代が頭をこづく。さわるな、というように頭を振った。学校はお前のぎむだろうが、それにお前が先生をえらべるたちばか、と達吉が怒ったようにいうが、まもなく歯を吸い吸い新聞をひろげて、かっぽうの長岡に肉屋の白川か、とうてい軍神の出るまくじゃないわなといった。べっぴんさんは、いつだって罪つくりなんだよ、とりんまでが口を出す。今日はなんだか、おとなにはみんなはらが立つ！

明治節になった。ゆうべ降った雪がとけて道も校庭もびしょびしょだった。千代がよそいきをよごすなといって、ふだんあまり持ったことのないはんかちをかくしに入れたので、式の間じゅう、かくしのはんかちに気をとられて困った。かたかきの歌を歌って帰ってきた。ほんとは明治節の歌だけれどあきのそらすみ、きくのかたかきというのが順吉にはきくの、かたかきと聞こえるのだった。家では千代がおこわをふかしている。台所でせいろうがさかんに湯気をあげていて、そのせいろうのひとつは、甘納豆のおこわである。おこわはいいけれど！　と順吉は頭をふたつみつ叩いた。おこわはいいけれど、式が終わって教室に戻ったとき、ばんじゃあは、あしたから四年一組はなにからなにまで軍隊しきにやると嬉しそうにいったのだ。級長、副級長の下に班長をつくる、あとは兵隊になって、目上の班長以上にはけいれいをきびしくやる、ぼくとかおれはだめだ、じぶんといえ、報告を正しくし、せきにんたいせいというものをとる、ばっばっときびしくやる。それから、この方法はおれがどくとくに発明したのだといってほんとうに嬉しそうだった。

四年一組はますます、わらうことも泣くこともなんにもできない。明治節というのに、ばんじゃあは宿題を出した。ちんおもうにの勅語を書けるだけ書いてこいという。そこが落し穴で、書き残した分だけげんこつあめをくれるつもりなことは分っている。まったく、こんな長いちんぷんかんぷんを、どうやって一晩でかけというのだろう。

せいろうの匂いをかぎながらでさえ、なさけないような気持ちでちんおもうにを書いているのに、そばで仙吉が一年生の読本をひろげ、サイタサイタを読みはじめたのにはほんとに頭がへんになりそうだ。

あんちゃんのじゃまするんでねえど、とりんがかぼちゃの種をむきながらいうけれど、それはいうだけだ。サイタのつぎはコイコイシロコイ、そしてススメススメだ。ススメが終わればとっとことっとこあるいてる、へいたいさんはだいすきだ、と歌になる。もうたくさんだった。横目でにらんでいるのに、仙吉がヘイタイススメのぺえじをひらいたので、さっと手をかぶせてやった。けげんな顔で兄の手をどかせようとする。もういちど、やっとばかり押えると、いきなり母ちゃあん！　と叫んだのにはたまげた。とびあがって表まで逃げ出したけれど、そこでいきばを失って立っていた。足もとの地面を、ぽぷらの枯葉が一枚、すっと動いて止まった。鼠かと思った。ふいになみだが出そうになったのは、もうおこわができかかっているというのに、じぶんばかりが寒い表に立っているためである。

それはやっぱり、四月ごろからじぶんにひっついた、あのわるいうんめいのためなのだった。

〔1973年「文學界」12月号初出〕

# 清吉の暦

一

野ざらしの馬頭観音碑が、雨もよいの空の下で雑草に埋もれ、にび色にくすんでいる。二尺に満たぬ碑石は清吉を迎えてどことなく視点をさだめかねたひとつの目になって、つくねんと立っていた。

清吉は碑の手前でぬかるみに足をとられ、碑石を横目に坐りこんでゴム長の泥を落とした。拾った木切れで、底や継ぎ目の泥をこそぎ落としながら「能なしの屁理屈野郎ばかりが揃いやがって！」と悪態をついた。靴をはき直し、集金鞄を小脇に挟んで立ちあがったとき碑石の目はくるりと返って清吉を見あげたようだった。黙って見返すとその目は碑の内側に吸いこまれていき、しらを切るふうなのだが、草っ原を這ってきた風が丈長の雑草をかしがせて碑面をくすぐると、他愛なく目を細めるように見えなくもないのだった。

——観音はいつでもこんなふうだ——と清吉は思う。寺で見る仏画の大忿怒はうわべのおどかしであろう。清吉は相撲のように脚を広げ、醸造元の印のついた前垂れをひとつ、ばさと叩いて立ったまま合掌した。

「済まねがった」とつぶやいた。顔をあげ、向いの山に目を据えて「せっかくだったが、炭坑《やま》はつぶれちまったす」といった。

「あとひとふんばりがきかない、腰抜けのばち当りばっかしだったす」

二度目は片手拝みになったが、観音はあまりに平明で、それ以上には手応えがなく、碑の背後の崖からにわかに瀬音が高く聞こえてくるので清吉は気勢をそがれ「ほんと済まねがった」といって碑を離れた。生気のない坑夫長屋がひろがっていた。立ち止まってそれを見渡したが、すぐにせかせかと歩き出した。

振り返ると観音碑は虚空に連れ去られでもしたようにかき消え、見えるのは雑草と向こうの黄ばんだ山だけである。唾を吐き吐き、坑長の邸や会社幹部の社宅の塀を曲がっていった。

朝から坑夫長屋を四、五軒回り、脅迫同然にほるもんの売り掛けを集金した帰りである。長屋の群れは、退職金や一時金の氾濫で、なげやりな陽気に湧いていたが、バス通り一本隔てた坑長や副坑長の邸まわりはしんとしずまり返って、半月前に組合とはんこをついたあとは東京へ行ったままだという。家族が残っているという噂だけれど清吉が見たところ人の気配はなく二番咲き三番咲きの向日葵やばらや朝顔が窓をかくしている。往還に出た。

九月半ばのひるどきだというのに、ここも人影はまばらだった。バスが向こうの坂をあがってきて一旦静止して見えたが、すぐに屋根を光らせて下りにかかってきた。かなりのスピードですれちがい、遠のいてから道端に寄ってぱらぱらと人をおろした。これが終点から引き返すときは、はやばやと行先の決まった坑夫と家族を乗せて、たった一本の舗装道路をまちばへ抜けていくのであろう。

バスがのぼってきた女坂の頂点に来ると事業場が目の前にひらけ、五十メエトルの高さの巻《まき》揚櫓《あげやぐら》が巨大な模型のように立っていた。ロープをはずされた四基の大滑車が完成時そのままに寸分の狂いもなくはめこまれて、車軸はまだたっぷりと油に濡れて見えた。それは、ちょっと指で突くだけで荘重な回転を始めるにちがいなかった。

「たった五年のおつとめとはな！」清吉はむしゃくしゃして叫んだ。「まったく、ろくな仕事もさせてもらえんでからに……」

清吉が立っているあたりは、ついこの間まで画板を抱えた子供らが群れていたのである。

――炭坑の不景気が、いまに始まったわけでなし――。

竣工式の楽隊行列では、ラッパ吹きの生徒が坂をのぼりつめるまで休むことなく吹き鳴らしたといって評判だったのに、あれはとむらいの鉦太鼓《かねだいこ》だったか、と腹が立つ。

――あの時分からして不景気は分っていたんだのに、みすみすこのざまだ――ばかにならない歳月が蘇って、皮ジャンパーのポケットの中で指を折りかぞえていると、竪坑掘りにやってきたあの男たちを思い出すのだ。

男たちが、三坪ばかりの清吉の店を訪れるようになったのは、ほぼ八年前の、起工式からひと月ほどたった初冬だった。三方をトド松やカラ松の造林と、ダケカンバの山に囲まれたこの炭坑部落のど真ン中に、深さ六百メエトルの竪坑が掘られることになって、掘削請負の労務者バラックが建った。

男たちは三交代の合間に、このバラックから清吉の店のほるもんを食いにやってきた。

あまりたいしたことも喋らず、相客の地元の坑夫に遠慮がちに、しかし旺盛な食欲でさっと焙《あぶ》っただけの網焼きの豚の臓物を二人前三人前と平らげ、酒を飲んで帰ってゆく。熱いのを口のはしから空気を通しながら、はぁしいはぁしいと吸い食いして帰るのだが、理屈をこねては皿をけちりながら長居をする地元坑夫たちにくらべると思いがけない上客となったのである。

暫く通ううちに顔ぶれもきまって男たちの口が少しずつほぐれ、清吉は格別の親しみを抱くようになった。ある日、訪れたふたり連れに向かって「掘るのはどうやって掘るかや」と聞いた。怪訝《けげん》な顔をして「ダイナマイトで掘る」というから「ダイナマイトは分っている、そういうみではなく破裂させたあとの土岩はどうするかや」と重ねて聞いた。

「それはドイツから取り寄せたグライファというもので掻き揚げる、こうやって」と指を鷲摑みの形にした。「いってみりゃ爪のついたシャベルよ、がぼっと摑んで吊りあげる」清吉が考える目になった。「吊りあげるちゅうが、その爪がなまくらで石が落ちたら底の者はどうなるかや」「なに頭の上にゃいつだって鉄板の天井が張ってあって、グライファが通る分だけ口が開いている。それがぱたんぱたんと閉じたり開いたりするちゅうわけ」「ほほう、聞いてみりゃ他愛のないもんだわな」

しししし、と歯の隙間を鳴らしてひとりがにが笑いをした。相手が気をわるくしているのにも気づかず、清吉は「ンなら人間ののぼりくだりは梯子ちゅうわけか」とたたみかけた。「まあいまのうちはな」「いまのうちというからにゃあ深くなったらどうする」

清吉がまじめに知りたがっているのを察したため、ふたりもまたまじめに答えた。止まり木で互いに右と左の頬杖をついて頷き合ってから「穴が深くなれば人間は飛行船の吊り籠《かご》のようにキブルという鉄の籠に乗ってのぼり降りするが、それはどこでもそうするのであってなにもめずらしいことではない。わしらは何で歩くかと聞かれれば足で歩く、鳥は羽で飛ぶちゅう以上に答えようがないから、そういうことを聞かれると、びっくりする」「そかそか」と清吉は感心して「これからは勉強するから、勉強といってもよみかきではなく、にくを勉強するからときどき来て仕事のはかのいきぐあいを聞かせてもらいたい」といって、庖丁の柄をとんとついた。清吉が気に入ったか、ほるもんの味にひかれたのか、このふたり連れが最も足繁く通ってきた。時雨《しぐれ》が通りすぎたある夕方、いつものようにからの弁当箱を鳴らして入ってきたのでたてこむ客の椅子をつめ、隅に誘って手早く網をあてがい、他の客を構いながら聞き耳をたてていると、頻《しき》りに北条さん北条さんという名前が出る。並べたコップに梅酒をつぎ分けながら清吉は「北条さんというのはもしかしたらあの北条くんではないか、ほれ、あの」と顎をしゃくった。ふたりがほるもんを噛むのをやめてこっちを見ているので、清吉は眉間をかきむしって「ほれ、あの北条軍治よ」といった。「たしか軍治とゆったなや」と頷き合っている。「その北条軍治ならば、おれの幼馴染《おさななじみ》であるからしておれのことを聞いてみい、そう北条くんが大将か」と自慢話になった。

「北条くんとはこの分教場で机を並べた仲だが、あれは非常な秀才で、尋常高等を出てから工業学校にあがり、卒業してすぐこの炭坑に戻ったのだが、そういう男であるから大学出も押しのけて現場の大将となったにちがいない」とだんだん早口になった。

「北条さんはべつに大将というわけでもなさそうだが」ふたりが首をひねっているので「そりゃあま、大将は社長にきまっているだろうよ」

清吉が喉を鳴らしてコップの水を呑みほしたとき、窓が夕映えに染り、降りこめられついでに酒盃を重ねていた坑夫たちがつぎつぎに立ちあがって、出ていった。ふたり連れの席を中央に移し清吉もまた梅酒を手にしていた。

「ぐらいだぁだか、ぐらいふぁだか知らないがよっぽどはかがゆくだろうよ、あんたら知らんだろうけっど、昔は馬搬ちゅうてからに石も炭も馬で引いたものよ」

火挾みで炭火をあやしあやし、清吉は馬匹供給業だった父親に従《つ》いて坑内で馬を追った昔話をした。

「馬というものは斜坑をのぼるばあいには人を蹴るということができない。それは馬丁が尻《し》っ尾《ぽ》の根元を逆さにひねりあげるためであって、馬丁はそうやって尻っ尾につかまってあがってくる。しかしながら反対に下るときは、これが危険であって蹄がうっかりレールを踏もうものなら、四つ脚突っぱったままきいきい滑り落ちてどうと横倒しになる。まず骨折はまぬがれない。馬の骨折は始末のわるいもので二度と使いものにならないから飼い殺しかと殺かふたつにひとつだ」

「と殺はどうやってと殺するかや」とふたりが真顔になっている。清吉は人さし指で鉤をつくり「こんなぐぁいに鳶口《とびぐち》で眉間をひと打ちする」と、自分の額を打ち、のけぞってみせた。「おとなしくこっち見てるやつをか」「そうだ、おとなしくこっち見てるからして成仏しろよちゅうて眉間を打つのよ」

清吉は炭火の火照りを手で遮り、つらそうな顔をした。

「しかし、それでころりとはいきかねるからして介錯《かいしゃく》をする。介錯というのは、眉間にあけた穴から長い鉄の棒を突っこんでやるのであって、棒の先は馬の首を伝わっておおかた心臓まで届き、突き破る。それでおだぶつだ」「あいやややや!」ひとりがヘルメットを叩き、「それからさくらにして食ったか」

清吉は目のはしをぴくとさせて胸を張った。「おれの話はそこまでであって、食うの食わないのは馬搬の忌みことば、二度と口にしてもらいたくない」上背のある坊主頭の清吉が、にわかに不興を示したのではきみがわるく、ふたりはなるほどといっておとなしくなった。「もっともよ」清吉が声をやわらげて「とむらいはちゃんと手をつくしたぞ。火薬庫の裏山に埋めて線香をたてるのだが、どこで聞きつけるか、暗やみにまぎれて掘り起こされるのだ」相手が黙っているので清吉は継ぎ穂を失い、無意味と知りながらいった。「そういうわけだからして、この部落を助けると思ってあんたらもがんばってもらいたい」

壁際に残っていた地元の男たち三人ばかりが横目に笑って出ていき、戸をうしろ手に締めて高笑いをした。清吉の十八番を笑いながら二次会の相談でもしているのであろう。清吉は顎で示して「ああいうのは権利義務ばっかしでかわいげがない。そうかああんたらは北条くんの部下ちゅうわけだ、そういうのはありがたい、にくく勉強しるか」というと「いやいいわ、もうだいぶ食ったし」と手を振った。勘定をして帰る背中に「北条くんに南清吉の話をしてみてや」と声をかけると「おっけぇおっけぇ、そうしてみる」と首を振って出ていったのである。清吉にはしあわせな時期だった。

大正の半ばに拓《ひら》いた炭坑である。それまで三百メエトルから上を掘り続けたが、なにやら肋の肉をしゃぶるような塩梅《あんばい》で、長い間に坑道ばかりが複雑に入り組んでいた。本社のある東京との人の往来が繁くなり、やっと深みの炭層を求めて竪坑を掘ることがきまった。人も炭もこれ一本であげおろしをするという。

十月末というのに型破りの寒さに見舞われた起工式の日を清吉は忘れることができない。まだ小学生だった清二を連れて見にいった。見物のうしろから幔幕の内をのぞくと、めったに姿を見せぬ社長や、このやまの坑長や工事請負の代表やらが、真新しい鍬をふりあげて盛り土を掻いていた。雪のま近い、ぞっとする風の中で神官が袂をひるがえし、塩をまき太鼓を打ち鳴らす。やがて黒い式服の列が乱れて神官の捧げる土器から酒をもらって飲み始めたが、寒風の中を痩せ我慢して肩を叩き合ったり、手を握るなどしてしまりがなくなったので息子を追い立てて帰ってきた。

ひとりで祝い酒を汲みながらふしぎな気がしていた。木工場や鍛冶場の古びた建物に囲まれた小さな空地の、あの盛り土のあたりは昔からじめじめと水が溜り、蛙や山椒魚の巣だったのに、あれが六百メエトルもの竪穴の入口になるというのがいかにもあっけない。

機械の進んだ今日び、昔の尋常高等で習った青の洞門のようなことはあるまいが、どこか似ていなくもないのだ。墨染姿の無数の僧形たちがぞろぞろと穴を出入りする光景が浮かんでくる。清吉は空想をたのしむ少年のようにいきいきしてきた。

四十年前、はじめて電気帽子というものをかぶり、電気バンドにエジソンの安全灯をふり回して坑内に入った清吉だが、かつて竪穴というものをのぼったことも降りたこともない。六百メエトルの竪穴にはうまく想像が湧かないのだけれど、なにごとにも初めがあるのであって、最初のひと掻きは、裏庭で厨芥捨ての穴を掘るようにやくたいもない雑草まじりの土塊をちょいと掻くだけであろうが、それが半年たち一年過ぎるともはや軽業の仕事となるのである。

ひとつ足を踏みはずせば運のつきだが、そういう仕事を平気でやる男たちの顔が見たかった。そして実際に仕事はちょい掻きから始まったのだった。しばらくの間、見馴れない穴掘り機械が寄ってたかって空地を削っていたが、まもなく井戸掘りのようにトタン張りの仮櫓が立ち、仕事場を隠してしまった。

二、三年の辛抱で、草深いばかりでなにひとつ取柄のなかった終着駅の村落に、名物というものができることはできるのである。かくべつ興味を抑えかねているうちに、起工式からひと月ほどたって、あの男たちが通い出したのだった。正月が明け、清吉は思い立って店の正面の壁に、西洋の子供の天然色写真をあしらった暦を掛け、男たちから聞き出した掘削の延びを書きつけることにした。たわむれのつもりが次第に本気になり、五メエトル、十メエトルと売り掛けをメモするように書き留めていったのだが、いつのまにか張合いが生まれ、自慢の種になっていった。

北条軍治が「清ちゃん」の暖簾《のれん》を分けて現れたのは、暦の数字が三十メエトルを示したころである。起工式の日、参列者の中ほどで直立不動だったのを見かけて以来だった。

見知らぬ男とふたりで、石の粉だらけの作業衣のまま鼻の頭を赤くして入ってくると、いそがしく丸椅子を引き、組んだ片ひざにヘルメットをかぶせて「景気はどうだ」といった。

「み月もよ月もお見限りで景気がどうだもあるものか、こっちは相変わらずだが、そっちはまだ三十メエトルとはなさけない」清吉が壁の暦をはずして突き出すと、北条はしげしげと眺め、合点がいったようだった。

「おまえ酔狂だな、しかし三十メエトルは坑口固めに手間がかかっているのであって、いよいよ掘り出したらこんなものではない」

そういうもののいい方が下請けのあの掘り屋たちと違い、さすがに専門家だと得心がゆく。清吉は「なにごとも初っ端《しよばな》が肝腎だわな、なんせおれはこいつに賭けているんだ」といって暦をひらひらさせた。

北条が皮肉な顔になった。鼻先の網の上でほるもんが焼け縮んでゆくのを見ながら「おまえが何を賭けているか知らんけっど、会社は生死を賭けているんだ」といった。入ってきたときから顔つきが変わったような気がしていたが、顔つきが変わったのではなく、眼鏡のつるを細身の銀筋入りにとりかえたせいだった。吊りあがった眼がいっそう鋭くなったようで、清吉は気押されて言葉につまった。

いつもそうなのだが、北条は酒を飲みくだすとき歯を食いしばり、目をむいて苦悶の形相に変わるのだった。いまもそうやって無理に飲んでいるのを清吉は意地悪い目になって見おろし「竪坑が終われば、このあたりも少しは名所らしくなるかや」といった。「なに、巻揚櫓が一本にゅうと立つだけだ、炭坑ちゅうのは金は地の底にほうりこむ一方だもの、地上《おか》にゃあ少しばかりの坑務所と選炭工場がひろがるぐらいだろうよ」

「六百メエタといえば、おおかた千八百尺だが、幅さは」清吉が庖丁を使いながらいうと「幅さか」と北条は苦笑して「さしわたし四千八百ミリ、ざっと十五尺」と答えた。「ほほう、十五尺の千八百尺か、まるきり天竺《てんじく》の蚊柱だ」と清吉が思いつきをいうと「天竺ではない地獄だ」とこともなげに応ずる。

「それにしても、あの薄汚い薦被《こもかぶ》りは興ざめだわな」二十メエトル足らずの掘削仮櫓を思い出して清吉がいった。北条はつくづく参ったというふうに連れの男と笑い「本櫓は二年先になるだろうよ。なにも見世物じゃあるまいし櫓の高い低いをいってみたってはじまらないよ清ちゃん」

やっと「清ちゃん」が出た。清吉が他愛なくよろこんで「これからもちょくちょくおせえてもらいたい」と暦を掛け直す背中で、「ああいうぐあいに、いわば官民一体ちゅうようなところがこの際大事なんだわ」と北条が連れの男にいうのが聞こえた。

世間話になった。北条は「正月はゆっくり酒も飲めなかった」とさも大酒飲みのようなことをいい、清吉は清吉で娘が孫連れで十日も居続けだったとか、ひとり息子の清二が小学校六年というのに色気がついて、胸にぐりぐりができたとか、何かのはずみには隅っこからじいっと窺っているようで可愛げがなくなり空おそろしいというような話をした。清吉もまたコップの酒を相伴しながら、この男、すっかり自信つけやがって、と北条を見ていた。

いっしょに五十を越したこの旧友を、他人に自慢する一方羨ましくもあり、妬《ねた》ましくもあるのだ。この部落で北条軍治といえば昔からダイナマイトの神様で通っていた。マイトには夏の汗も禁物だし、冬のしばれも危険だと笑うこの男は、いつも懐にニトログリセリンを忍ばせているように思わせるところがあった。若い時分、渡りのならず者が焚火を囲んでなにやら気勢をあげているところへ北条は腹掛けの丼に手を突っこんだまま踏みこんでいった。ダイナマイトの北条が火に近づいてきたので、みな尻ごみする中を、いきなり腹掛けから硝安をつかみ出して火に投じた。ぱちぱちと火花が飛ぶのを見てみな悲鳴をあげて散り散りになった。

ダイナマイトというのは、包みのままなら恐ろしいが、解包してやればただの線香花火だと、あとでからくりをばらしたのだったが、それでも余程の自信なしでやれるものではない。ただの秀才だけでなく、神経質な顔のわりにはそういう度胸もあるので清吉としては一目おいているのである。

清吉が北条に頭があがることがあるとすれば、清吉が根っからの土地者なのに北条は炭坑創業のころに連れられてきた坑夫の子で、馬搬を一手に引き受けた請負業の清吉の家にくらべるとひとつ格が落ちることだった。

しかし北条は工業学校にあがり、社員に登用された上おなじ社員の娘を嫁に迎えた。太平洋戦争が始まるころで、当時としては珍しい縁組だったので北条の評判は高くなり清吉の方はすでに父親が坑内で脳卒中に斃《たお》れるわ、馬は徴用されるわで、落ち目一方だった。それからは差が開くばかりで、それまで「北条くん」だったのが面と向かっては「北条さん」になり、呼び方にも蔭日向ができてしまったのである。北条が開坑当時の昔話に戻らない限り清吉が胸を張る機会はない。北条も心得ていてわざわざ古傷にさわるような話はしないし、清吉が切り出しても気乗り薄なのだった。

いま北条軍治は連れとの話に夢中で清吉に頓着するふうもない。

「人間が二本足で歩くのは背ぼねのおかげだがこのやまも労使力を合わせて背ぼねを一本立てないばだめだ」北条が連れの男にいった。

「なるほど背ぼねを一本立てないばだめだわな」と清吉が感心した。北条の皿にほるもんをひとつまみ足したが、北条はべつに礼もいわずむしゃむしゃと食って残りの酒を連れに飲ませて立ちあがった。黒光りする財布から一枚抜き「千トン、まにあうだろう」と釣りを取らずに出ていった。

竪穴は、神社と寺に挟まれた五十軒ばかりの市街地のすぐそばで掘られていたので、その奥の沢づたいの坑夫長屋まではともかく、市街地には掘削の発破音がどすんどすんと響く。寒気をつんざいていたその音は春めくに従って陰にこもっていき仕事場の沈下していくさまが手に取るようだったが、月間二十メエトルもこなすようになると、発破音はどう耳を澄ませても地上に届かなくなった。「きゅうぴいちゃん、きゅうぴいちゃんか、これでよし」と清吉が西洋の子供に話しかけながら百三十メエトルと書きこんだときは、すでに盛夏に入っていた。

暑さをいとわず、ほるもんを食いに通う客のためにかんかんと炭火を起こしながら、清吉は自分が考え深い人間になったと思いはじめていた。考えごとは天竺の蚊柱に集中していて、北条軍治は天竺ではない地獄だといったけれど、あれは本気ではなく、たしかにうわべは地獄の方角に掘りさげているものの、心は五重の塔を建てているつもりではなかろうか。あるいはまた途方もない観音像を刻んでいるつもりではなかろうか。

清吉が思うには、もともと炭坑というところには御幣かつぎや縁起かつぎが多くて、子供がうっかり味噌汁を朝めしにぶっかけようものなら、親に天盤をかぶせる気かと頰ぺたをひねりあげ、それをいいことに仕事を怠けるということもあったけれど、このたびのこういう大冒険のような仕事には信心のあるなしに拘らず、とくべつな心掛けが必要ではなかろうか。グライファだ、キブルだと新しがってはいるが所詮岩盤や地下水相手の危険な穴掘りである。そこには欲得をこえた精神のよりどころというものが大切である。人間が、風や水や土と深くかかわり合うときには、それらと人間の情念がないまぜになって、いうにいわれぬ物の怪《け》がうまれるのではあるまいか。挑みかかる人間の鼻息の荒らさと、風や水や土のものいわぬ強大なうらみとが小競合いを起こす間に、得体の知れぬ影のようなものが人間にまつわりつく。多分それが物の怪の正体であって、それは炭坑ばかりでなく、あばかれた鍾乳洞《しようにゆうどう》や杣下《そまおろ》しの暗い繁みや、ただの古井戸にもひそんでいる。

そういうものに向かって人間がおそれの気持ちでだましだまし扱うときには、おのずと釣合いがとれているが、いったんなめてかかるとろくなことはない。ごたごたの末に斃された恨みがましい人間の死霊ばかりが物の怪の正体ではあるまいという気がする。早い話が……と清吉は昔を思い出すのである。

北海道に天皇を迎えて陸軍大演習をやった時分の、カゲとの一時期がそうだった。兵隊検査を機に清吉はあまり気のきかぬ一頭の馬を預けられたのだったが、若さにまかせて稼ぎまくっているうちに、どうかすると坑内の暗さや深みが、ときに耐えがたく思われることがあった。恐怖とは違っていた。

坑道をカゲと歩いていると、ふいにうしろから羽掻い締めされるような気がしたり、この先際限なく暗やみが続くように感じたりする。

いるはずもない人間が、ひたひたと随《つ》いてくる錯覚に襲われて、ふり向いたはずみに頭のランプでカゲの鼻面を叩き、人と馬でそっぽを向き合うようなこともあった。地表に出ると思い出しもしないのがふしぎだったが、坑内に戻るとそれがやってくる。

あとで考えると流行《はや》りの神経衰弱の一種だったのだろうが、そんな矢先の、いつも手を焼く天井の低い坑道にさしかかったときだった。

またまたひと悶着かと覚悟した清吉の前で、カゲはいきなり前脚を折り馬体を沈めて通り抜けたのである。十両ものトロッコは、がらがらと騒ぎたてながらカゲに引かれて難所を越えた。清吉はおどろきあきれて、思わず馬の首にしがみついたのだったが、たしかにそれが契機だったと思う。

坑道の中では、人と馬の関係であってはならず、親密なふたつの生きものでなければならなかったのであり、それまで坑道と人と馬とがばらばらに張り合っていたのがまちがいだった。坑内というものは人馬と対等にならぶものでなく、それはべつのものであり、人と馬の結束なしには太刀討ち出来る相手ではないのである。カゲが、逆らわず坑内のいかめしさに従ったため、目のさめた清吉がこんどは人馬を結びつけた坑内の無形の力を信じることになった。

この辻褄合わせが、清吉の神経衰弱にききめがあったのはたしかで、清吉は当時、狐が落ちたといって大よろこびしたのである。妙なもので、絶えることのなかった清吉の生傷が極端に減り、カゲは随所に器用さを見せるようになった。レールの勾配を察知してトロの速さに合わせて走り、ポイントに来ればぴたりととまって、清吉の転轍を促すといった塩梅だった。

清吉は、それまでカゲに負わせていた麩《ふすま》や燕麦や豆粕などの飼葉を、自分の弁当と共に自分で背負うことにした。昼が来れば、坑道の隅に踞《うずくま》って野良仕事の一服のように飼葉をあてがい、弁当をつついた。そういうときよく鼠の金縛りに会ったけれど、正気が戻ればカゲが何食わぬ顔で横に立っている。少しもおそろしいということがない。金縛りはたび重なると襲われるさまがよく分った。生きながら死んでいるように手も足も出ないのがいまいましいが、肩までのぼった鼠が耳もとで何ごとか囁くようなのを辛抱しさえすればなにほどのこともないのだ。われに返ると弁当がさんざん食い散らされている。

しかし圧気管がかすかに響く静かな坑道と、おとなしく清吉の擾乱《じょうらん》のしずまるのを待っていたカゲだけの、元通りの世界が蘇ると腹を立てる前にカゲに対して照れた。

人間のミイラが現れたという巻揚座の近くを通っても気の迷いから抜けた清吉には少しもおそろしくない。ミイラは、昔、生き埋めになったのが岩盤に挟まれて人形《ひとがた》を彫り、腹の部分からは懐中時計がころげ落ちたという噂だった。地上で聞けば震えあがるようなそういう話も、清吉にはこたえなくなった。

往来の激しい主要坑道はともかく、ひたひたと水滴の垂れる落石だらけの旧道にはひとつの表情があったと思う。折れかかった支柱や笠木の一本一本が、通りすぎる清吉やカゲを順に見送っていた。進むにつれて炭塵除けに撒き散らした岩石粉のため霜に覆われたような坑道が清吉のライトの前につぎつぎと形を変えて現れ、海底のように静まりかえって清吉とカゲの瓦礫《がれき》を踏む単調な足音を響かせるだけだったけれど、そういうときふいに煙のように自在なものが清吉の中を出入りして何かを語りかけてくるようでもあった。坑道全体が清吉とカゲを包みこんで許しているようなところがあり、誘われるままに歩いていると安心であった。そうでなければたとえば天盤のゆるんだ落石だらけの坑道で、その石が人や馬の前後にだけ落ち、それで怪我をしたものがいないということの説明がつかない。

昔を思い出して、いまそれを、清吉は物の怪の仕業と考えることにしたのだが、そういうものが心の鏡にうつるかうつらないかで、おのずと人と人のちがいが出てくる。一方ではまた、心掛け次第ということもあるであろう。どのみち物の怪というものは、あるときはむごたらしく、あるときはなつかしいものなのである。

堅坑が深くなるにつれ自分の考えが重みを増したことにうすうす気づいて、物腰まで思慮ぶかく振舞う気分にあった清吉だったが、同時にその考えを人に伝えたい誘惑と、うまく伝えることがほとんどむだ骨に近いこととを知っていらいらしていた。

思い余って店でそういう話をすると、若い坑夫は薄ら笑いを浮かべて「おおげさな！」と取り合わず、下請けのふたり連れもまた当惑して話を避けようとする。そこが清吉には物足らない。

何も実際に念仏を唱えろとはいわないが、そういう心掛けがあるのかないのかはっきりしないのが気懸りである。

癇癪を起こしかけたことがあった。地元の坑夫が「物の怪か脛の毛かどっちでもいいけれど、電気でぶっ飛ばされた馬の話にゃ客がつくぜ」というようなことをいったためだった。「それ、本気か冗談か」と清吉が迫り、相手が冗談を認めたのでその場を納めたが、庖丁持つ手の震えが止まらなかった。

カゲがトロリーの裸線に触れて横転した話である。カゲと仕事を組んでまもない、がむしゃらな時代のことで、当時一部で走っていた坑内電車の、不用心に垂れさがった架線にカゲの背が触れた。被毛と蹄鉄の間を一瞬に抜けた電流が馬体を二間ほどもはじき飛ばし、カゲは坑道に横転した。

おしまいだ！　と清吉が頭を抱えこみ、おそるおそる目をあけると、カゲは急坂をかけのぼるような勢いで立ちあがり、再びとことこと駆け出したのだった。「まったく図体に似合わず電気にゃあ弱いのよ」

清吉が得意になって喋ったのは、ほるもんを始めた頃の客寄せのつもりだった。それが面白おかしく伝わったのは自分のせいで、人を恨むことはできないが、清吉がつらい気分に陥るのは、それが勢いにまかせて情容赦なくカゲを責めたてていた時分のことであり、そのうえ横転したカゲがたてがみを震わせて立ちあがった瞬間の血走った眼が焼きついて離れないからである。

いまでも胸に納めて人には明かさないが、清吉の視線をちらっとよぎったその目は、へまをやらかし、打擲《ちょうちゃく》を恐れて場をとりつくろう卑屈な目だった。いやはや！　たしかにそういったのだ。動転していた清吉には、馬体の無疵《むきず》をよろこぶあまり打擲の意思はなかったのに、馬は咄嗟《とっさ》にそれを恐れたのだと思う。垂れた架線は事前に人間の手で処置すべきで、落度はカゲにはなく清吉にあったにもかかわらず、だ。後年、清吉はさらにひとつの推測に悩んだ。カゲは感電の理屈を解しない。するとあの衝撃はだしぬけに清吉が突きとばしたと考えたかも知れないではないか。

季節の回向《えこう》の折ふし、いつもむざんな思いをするものを酒の座興にされてたまるかと目を剝《む》く反面、身から出た錆でもあって痛し痒しなのだった。

けっきょくのところ、この種のつらさやなつかしさや、物の怪のありかまで、すべてが清吉にしか分らず清吉の考える形でしか存在しないということになるのだろうか。

盂蘭盆《うらぼん》近くの墓掃除のついでに、寺の二代目にその話をした。二代目の悪い癖は、ひとの話を聞くとき相槌が早すぎて真実味を欠くことだが、その日は黙って聞いていて「しかし南さんとしても、その掘り屋さんがたに馬頭さんを信じろとはいいかねますでしょう」というので「いいかねるからして代わりに拝んでやりたい心持ちだ」と答えた。

「商売に夢中で供養も怠けがちのところへ、急にこういう心持ちになったので、これは非常にふしぎなような考えではなかろうか」とたずねると「なにもふしぎというようなものではなく、南さんはあの竪穴掘りを宗教儀式と心得ているのであって、それは殊勝なことだ、草木国土悉皆成仏というて、石も瓦も人間も平等ですからしてぜひ念仏を唱えてやってください」

清吉は半分だけ聞いて目を宙に這わせ「馬頭が時代遅れなのは百も承知なんだわ」と、麦茶をひと息に飲みほした。「馬頭さんにはおもしろいお話もあるんですよ」と二代目がいう。「大悟した導師というものは座したまま往生する、それを四つん這いにして棺に入れてやり四日四晩湯で洗ってやると蘇生をして幽界に行く、そういう奇蹟もあるちゅうことです」

清吉にはべつにおもしろい話とも思えず、「おれは偉くはないのでその心配はなかろうが、四つん這いで棺桶に入るのはごめんだ」といって帰ってきた。

「清ちゃん」の裏手の樹林は耳鳴りのような蟬時雨で、その底で巻揚機がおんおんと唸っている。暑気と絶えまない音の中で盂蘭盆休みを控えた竪穴造りは、急いでひと区切りつけたがっていた。清吉はそのころになって併行掘りの話を聞いた。あの掘り屋たちが三人、作業衣を地べたに引きずり、裸の半身に水を浴びたような汗でほるもんを食いにやって来てその話をしたのだった。狭い店の熱気に、隅で回っている扇風機に気づくものもなく、ビールを飲んではふうふうとタオルを使っていた男たちが「上と下を合わせて何メエタ」といういい方をしたので清吉が聞き咎めたのである。

工期短縮を図って地上からばかりでなく、途中の水平坑道三百五十メエトルあたりからも同時に掘りさげているのだという。それがひと月も前からだというので清吉が呆れ「なんとはや、あんたら水くさいにもほどがある、まったくまったく」と喉をつまらせた。

「地獄耳の清ちゃんのことだ、とうに知っていると思ったが」年かさのがいうのに清吉は急いで手を振り「弁解は無用にしてもらいたい」といった。それがわるかった。若いのが突然いきりたって「なんでわしら、あんたに弁解せんならん」とにらみ合いになった。

まあまあと連れがなだめ「とにかくわしらは掘るだけ、あとは北条さんにでも聞いてもらいたい」清吉も気をとり直し「あんたらの立場もあることだし、それは北条くんに聞くとしてするとこれはどうなる」と冷静を装って暦をはずした。百六十メエトルで止まっていた。いつもおだやかなひとりがどれどれと覗きこみ「百六十は上の方で、下が五十、都合二百を越すか」

と連れをふり返った。

「そうらみろ、地獄耳の清ちゃんが大恥かくところだった」無理に笑ってみせ手の汗を拭って二百十メエトルと書きこんだが腹の虫は納まらなかった。

盆の十三日に、妻のやえと清二を連れて墓参にいくと、うまい工合に北条軍治が家族と共に香煙の奥から現れ、みちみち併行掘りの話になった。「へいこう掘りとは気がつかねがった。二百も掘りこんでからに誰ひとり耳打ちもしてくれんちゅうのでは清ちゃんもからきしだめだ」と皮肉をこめた。北条が笑いながらうなずくばかりなので「暗やみの底で上と下とが一本の糸でつながるちゅうのは手品のように思われるが、その理屈が分らない、勝手がつかめない、清ちゃんとしてはぜひぜひ知っておきたい」と北条の横顔をにらみつけた。清吉としては上下二百メエトルも離れた、合図の送りようもない地中で、そこ以外にはないというひとつの点を、どうやって探り出すのかふしぎだったが、一方では工期を早めるためにしろ、ためらいもなくそういう知恵をひねり出すというところが気に入っていた。剛胆で腕の立つ外科医の判断のようにさばさばと理に叶って分りいい。そういうところにつくづく感心しているのだと意中を伝えると、北条は見直したという顔つきになり「清ちゃんはときどきおもしろいことを考えつくものだな、けっきょくとしては測量が進んできて、暗やみで針穴《しん》に糸を通すような芸当もいまではやれるのだ。坑内《なか》と坑外《おか》の両方から三角測量だか多角測量だか、まあ方向観測のようなことをやる。おれは測量はしろうとだが」と、両こぶしをつないだ望遠鏡をのぞいてみせた。浴衣の袖がめくれ、北条の腕は意外に白く細く、こぶしから垂れた数珠が望遠鏡の帯皮のように揺れた。清吉はそこでもまた念誦しながら竪穴を出入りする僧形たちを思い浮かべた。ふたりして家族の五間も先を歩き木立の坂道を降りてきた。

夕暮れにはなやぐ墓地を見返り、女、子どもを待ちながら、清吉は物の怪と測量では合性はどうだろうかと考えていた。

「そうしると、測量ちゅうのはたいしたもんだなや」北条も家族を見ながら「たいしたものだ」と頷いている。「ンで、うまくぶつかるかや」「そりゃあぶつかるだろうよ」「ぶつからねばどうしるかや」「だからおれは測量はしろうとだちゅうて、信用するしかなかろうが」「そかそか」と清吉は団扇《うちわ》で頭を叩いてみせた。

その年の暮れ近く水準下三百五十メエトルの点で上下がつながった。起工式からほぼ一年を経過していた。正月は豪雪に明け暮れたが地下には何の障りもなく坑壁のコンクリイトブロック巻きと競争で、春三月には五百メエトルの大台を越えた。雪どけとともに小さな終着駅には鉄材が溢れ、狭い商家の泥道を重量物を積んだトラックが軒を震わせて過ぎる。

ひとつひとつ丹念に白ペンキの番号をつけられたさまざまな形の鉄材は、坑木置場の空地に野積みされていき、本州の著名な造船会社の大看板が掲げられて、村落はまるで裸足の村童が、リボン付きの贅沢な帽子をかぶせられてはにかんでいるように見えた。

「いよいよ奉天の大会戦だ」と清吉はよろこんで、西洋の子供から日本の名城に代わった暦を作戦地図を見る武官の目付きで眺めた。

客の間で清吉の暦はひやかしの種だったけれど、中には坑口の速報板を見て通りすがりにわざわざ教えてくれる坑夫もいて、暦の空白はほとんどない。

そのころ息子の清二が中学に通い出した。隣町の学校まで気動車でゆくのである。清吉はとっておきの皮ジャンパーを着、首にタオルを巻いて入学式についていった。この清二が父親に似て大柄なところへ、ほるもんには見向きもせず学校で西洋風のこむずかしいものを食わされているのでいよいよ背が伸び、喧嘩の相手がなくなった。しばらくは帽子に白線を巻いて神妙に通っていたが、まもなく帽子をポケットに捻じこむことを覚え、往き還りの車中や学校近くの喫茶店でちょくちょくわるさの仲間入りをするらしく、学校から苦情が来る。

清吉は、中学になったばかりでこの有様ではひと様に顔向けができかねるといって、時には脳天をこぶしでゴリゴリやるのだが、顔をしかめるだけで涙も流さず、あまりにしぶといので「おまやあ外道に落ちる気か」と声を荒らげる。あとでぽろぽろ泣きながら、やえに飯を盛らせて食っているのがいかにも頑是《がんぜ》なく、ほらといって小銭を呉れてやるのである。

嫁いだ長女と二人きりの子種では言葉の荒さに反してつい手心を加えるため、いよいよしぶとくなったのである。

清二にかまけているうちに竪穴からの排土が岐線の空地では足らず、小学校の校庭拡張にも利用されていったが、その排土を積んでのべつ往き交っていたダンプカーの動きが次第に閑散になっていった。六月に入ってそれがぴたりと止まった。

ある朝、薦被りの仮櫓の形が変わっていた。トタンの一部がはがされているのでさては、と終日落ちつかずにいるところへ、坑夫の注進よりも夕刊が先になった。二年がかりの竪穴掘削が終わったという。清吉は浮かぬ顔で新聞を眺めた。いまかいまかと待ち構えていたところへ、花火もあがらず半鐘も鳴らずで拍子抜けがする。清吉の暦が六百をわずかに越えたままなのに、新聞が正味六百四十メエトルと報じ、握手と万歳の写真まで載せているのでは、清吉への通報はどこかで手が抜かれたのである。写真に目をこらすが北条軍治は写っていず、あるいは北条も知らないのではないか、そういうこともあるだろうと夕刊を放り出した。

六百四十メエタアを掘り上げたというのにその夜もかくべつのことはなく、客も話題にはするが昂ぶるところもないので物足らなく思っているところへ、二、三日たってめずらしく酒の入った北条軍治が若いものを連れて現れた。さすがに機嫌がよくて入ってくるなり「清ちゃん清ちゃん、天竺の蚊柱とはよくいったものだ、底に辿りつくまでは無我夢中だったが、これから機械設備にかかるとなるとこれが二重巻き三重巻きの重装備だよ、酔っぱらったせいでもあるまいがなにやらぶんぶん回る音がする、蚊柱のようにいそがしく目が回る、これからはまったく天竺の蚊柱だぜ」

清吉には三日前の夕刊の意趣ばらしの気分があった。

壁の暦をはずし「その天竺の蚊柱をこの目で拝みたいものだ、とにかく締めくくりに達筆で頼む」と突き出した。

「数字を書くのに達筆も悪筆もあるものか」北条はボールペンを握り直して「六百五十M・本体掘了」と書きこんだ。清吉は「これで終わり」と挙手の敬礼をし暦を戻して「いまの話よ」と向き直った。「今度見せるさ」「今度と化け物に出会ったためしがない」「そうか、清ちゃんに穴をのぞかせるか」と北条は思案顔になった。清吉は「そういうことになれば、さし当りいうことはないわ」と北条を見据えた。

どこかで飲んで、もうあまり欲しくはないのであろう、北条は若いものの食いぶりを見ながら、自分はきたきたと入れ歯を鳴らしてほるもんを嚙み水を飲んでいる。客がたてこむ一方なので北条は「これから地上サーカスが見られるぞ」といってひとりだけ帰っていった。残った客の話題はしぜんにサーカスに集中してみなひとかどの技術者になって喋り出した。清吉は腰掛けを引き据えて聞き役に回り、コップの水を飲むふりをして酒を飲みながら右ひだりに顔をふり分けた。いい加減な話じゃ承知しないよ、という顔になっている。

北条軍治がいい残した地上サーカスは、本格的な人と炭の巻揚櫓の組み立てのことなのだが、地中六百メエタの大サーカスに比べれば、五十メエタは盆踊りの櫓だといってみな笑う。地中の大サーカスは、まわりがコンクリイトでただのまっくらの上、見あげる見物もいないので実感はそれほどでもないが、あれでまわりが見えたら、どんな鳶の者でも目を回すにきまっている。そういってみな笑う。北条のあとに座った男が「本櫓の鳶には東京タワーを手がけたのが来ているそうだ」といったので店が騒然となった。

「なになに」と清吉も乗り出し、店中で聞き耳をたてると「あの連中は足場も高いが金も高い、西に東に旅がらすちゅうぞ」男が気取ってみせ「一日五千円から一万円！」と叫んだ。だれも笑わず、ほほうほほうと店の中が梟《ふくろう》の巣のようになった。

「その東京タワーが清ちゃんの店に来るか来ないか」と清吉がいった。「来ないだろう」と男はにべもない。「たいそうな高給取りだもの、酒となりゃあ京屋あたりだろうよ」と土地一番の割烹《かっぽう》の名をあげた。清吉がにが笑いする横で「要するにこう、茶筒に羊羹《ようかん》を入れるようなものだ」と別の組が喋っている。「それはなんだ」と向き直ると「円い竪穴に四角のケージをぶらさげるとそういう形になる」と答えた。さらに指を折って「茶筒の中には圧気管に水パイプ、無線、動力、電話ケーブルに信号」とかぞえている。その知ったかぶりが何やらしゃらくさい。

「おれにゃあそういうのは関係がない」といって酒を飲んだ。「おれにゃあやっぱし、竪穴掘り上げた神ほとけのような、土方仕事がいちばんありがたいように思われる」

眼鏡を押えるふりをして横向きに笑った男に「あんたら、なもかもおおとめぇしょんだから」と毒づいた。いきなり笑いが起こり、「おおとめぇしょんは、いがった」とくすくす笑いが続くので、取りつく島がなく、どうだうまい冗談だったろうと、急いで冗談に見せかけ、酒をひと口飲んで自分も笑い出した。

酒の上の出まかせでなく、四、五日あとの昼ひ中に雑貨屋の呼び出し電話で、北条軍治の声が「いまから来るか」といった。「北条さん、あんた、やっぱし……」清吉は雀踊《こおど》りして出かけていった。坑夫待合所で北条は清吉のためのヘルメットをさげて立ってい、清吉が「この恰好でいいかや」と手足をひろげ奴凧《やつこだこ》になってみせると「下にさがるわけでなし」といって先に立った。

仮櫓のトタン囲いをくぐった。中は無数の裸電球が点《とも》っているのに戸外にくらべて何倍も薄暗く感じられる。昼の休憩時間で人影はあまりなく、高い天井から数本のワイヤロープが地面に吸いこまれていて、そこが竪穴の入口と知れた。「足もとに気いつけろ」と指さす北条に頷いてレールをまたぎ、粗末な手摺りにとりついた。四本の櫓脚に囲まれた中で、竪坑は擬装をとり払われた落とし穴のように無造作に口をあけていた。手摺から身を乗り出すと、コンクリイトブロックの垂直の壁は十五、六メエトルあたりで早くも光を拒んでふかぶかと暗黒に沈み、穴の底を覗くなどは無理な話だった。ぴんと張ったワイヤロープが小刻みに震えて下からの強い牽引《けんいん》を示してい、この上と下との綱引きのために、竪穴全体がいよいよ大きく不動のものに見えた。掘ったというより出来合いの長大な円筒を地下はるかに埋めこんだといった感じだが、その正確で剛直な円と垂線の組合せは、つけいる隙のない計算ずくめの非情さで、清吉の期待を裏切っていた。清吉はこれまで想像もしなかった、まったく新しい構築物を覗いているような気がした。

ふいにヘルメットが前にかしいで視界を覆った。足を踏みはずしたような恐怖が走った。ヘルメットを押えた位置で目をこらすと、暗黒にとけこむあたりの壁伝いに細い鉄梯子がぼんやりと見え、それがはじめて人間の息遣いを伝えてきた。蝙蝠《こうもり》が張りついたようにところどころ濡れている壁には、一個ずつブロックを積み重ね、塗りこめていったあの掘り屋たちの軍手の跡が見えるようだった。やっぱり念仏三昧《ざんまい》の仕事だ——と首を振り手摺を離れたときふっと暑くるしさのようなものを感じた。それまで、巨大な入気筒と化した竪穴が吸いこむ冷気に顔をさらしていたことに気がつかなかったのだ。

どこかで、かんかんかんかん、と鉄片を叩くような音がした。ロープが激しく震え出し、それは次第に太くなって鉄塊が連なったと見るまに、側壁に鋭い光が走った。目をぱちぱちするまもなく、鉄塊の先に人間がくっついてあがってきた。

三人の男が坑内灯をきらきらさせ、それがキブルというものであろう、吊り具の頑丈さにくらべるといかにも小ぶりな鉄籠に上半身を見せてあがってきた。めいめいに袋をかついだ男たちは静止したキブルから巧みに降り立ち、旅人のように一列になって戸外の光に出ていった。

北条が向こうで手招きしている。半周して近づくと北条はいつのまにか将校のような皮鞄やガス検定器を十文字に肩からさげて「どうだ納得いったかや」と笑った。「いったいいった」と清吉は固い笑いを返したけれども、誇らしげな北条に妬みをかくせなかった。

横手から男がひとり近づいてきて、清吉を見て顎をしゃくった。「清ちゃん」に通う掘り屋のひとりだった。清吉はそれにもこわばった笑いを送り、北条に何かいうべきだと焦った末「運動選手はこの幅さをとびこえることができるだろうか」といった。

「できるさ」と北条が即座に答えた。「理屈の上からはな、たかが五メエタだ」「そうしると運動選手ちゅうのはたいしたもんだなや」

北条が怪訝な面持ちで「見物は終わりだ、おれはこれから降りる」と出口を指すので「ならおれは帰る」といってトタン囲いを出たが、感動をすなおに言葉にできない自分に嫌気がさして、人目を避けるように歩いた。高曇りの空の下で、部落の道筋が見知らぬ土地のようにちぐはぐだった。

仮櫓が姿を消したあと、赤白だんだらの高いクレーンが据えられ、本櫓の組立てが始まった。どれが東京タワーの鳶か見当もつかぬまま、数人の男たちが立ち働くばかりだったがちょっと目を離す隙に、横倒しの鉄材が立ちあがっている塩梅で、うっかりすると夕方にはもう朝の形が思い出せないほどだった。女坂に群らがって見物していると、時計の針のように、仕事はのろいのか速いのか摑みどころがないのに、一日が終わってみると確実に形が変わっていた。

櫓が中ぐらいの高さになると、赤く焼いたリベットを火挾みで上と下でキャッチボールの真似をするのが珍しく、おとなも子供も手のすいたものが終日女坂にしゃがみこんで眺めていた。

ひと月で鳥居の化け物のような五十メエトルの巻揚櫓が組みあがった。

この仕事がしまい近くになったころ、鳶のふたり連れがぶらりと「清ちゃん」の暖簾を分けて入ってきた。どことなくぶきみなような顔つきでビールを注文し、店を見回している。清吉は大よろこびで「あんたらもしかしたら東京タワーではないか」と急いで聞くと「おれたちは違う」と薄目で清吉を見た。横合いから先客のひとりが「高いところでは下を見ちゃあ危ないというがあれは本当かや」と声をかけると「下を見んことには仕事にならん」と答えた。「どこでも同じようなことを聞かれるものだな」と薄ら笑いを浮かべるところが、ますますぶきみなような頼もしいような心持ちがする。なおしつこく聞くと「高所作業というものは上を見ると危ない」というので、みな、「まさか」と騙《だま》された顔になるところへ「まさかではなく本当で、雲の動きを見ると足もとがふらついてくる、げんに落ちたものがいる。おっかないおっかないというが坑内の炭掘りの方がよっぽどおっかないだろう、おれたちゃあごめんだ」と逆にやりこめられみな感心しているうちにさっさと帰ってしまった。

櫓を緑色に塗りあげた夏の終わりに、鳶の者たちは絆纏《はんてん》をひらひらさせ、地下足袋の足を猫のように運んで、連れ立ってどこかへ行ってしまった。その後一年あまり、緑色の櫓は所在なげに立ちつくすばかりだったが、その真下では機械設備や電気工事が忙しく進められていたのである。

櫓は、出を前に付け人に足もとの世話をさせている役者のようだった。竣工式を迎えるまでに都合三人の死者を出した。最初の一人は坑底のプラットホームを掘削中に天盤が抜けて圧死し、ふたりめは同じ場所の操車場で脱線した炭車と坑壁に挟まれた。最後は竪坑のケーブル作業中に、乗っていたキブルのロープが急に伸び縮みしたためふり落とされて四百メエトルのがらん洞を声もなく墜落していった。信号手の手違いだったという。

竣工式当日は朝から小雨がぱらついたが昼前にはあがって、多勢の招待客がつめかけ、とりわけ賑やかに近隣の水商売の女たちが車に乗せられて応援にやってきたのは、新設の坑務所で椅子なしのぱあていというものを開くためだった。

土地一番の京屋の女たちは大そうな敵愾心《てきがいしん》を燃やしたが多勢に無勢であまり意気があがらなかったという。社長が招待客の前で試運転のボタンを押した時刻に、花火があがって曇り空に白い煙がはじけ散った。市の高等学校の生徒が、ぶかぶかと楽隊を鳴らし行列に沢づたいの坑夫長屋の奥までいって戻ってきたのだが、赤い洋服の、腿もあらわな娘たちが列の先頭でぴかぴか光る棒を振り回し、空中に放り投げたりしたため、たいそうな人気を呼んだ。子供らは楽隊につききりでここを先途と菓子パンを食っていた。

午後から一般に開放された。ひとびとは縄張りの中をおとなしく並んで構内に入り短篇映画でも見せられたように、折からの陽をまぶしがりながら別の口から出てきた。

清吉もまた列のひとりになって見物したのだったが、北条に連れられて覗いた落とし穴はすっかり鉄骨の壁に覆われ、離れて眺めるだけだった。鉄格子のケージはまるで監房同然だった。

坑内灯を頭にくくりつけた招待客がつめこまれると監房はきらきらと螢籠《ほたる》に変じたが、やがて十万挺の小銃が一斉に撃鉄を起こしたような音をたててケージはあっというまに視界から消えた。待つほどもなく隣りのケージが、こっちは音もなくあがってきて静止する。見物はそこで思わず手を叩く仕組みだった。「なにせ秒速十二メエタ」という説明がうしろで聞こえた。清吉は、北条に聞いてとうに知っていたので高い天井を仰いでせせら笑った。

二昼夜にわたって商店街が大売出しをやり、清吉はほるもん半値のサービスをした。二晩めは遅くまで客相手に飲みつづけ正体なく酔いつぶれた。基部に据えられたフットライトを浴び、巻揚櫓は夜空に若草色の幾何模様を浮かびあがらせて、山間部落の祭り騒ぎを見おろしていたのだった。

二

集金の帰りみち女坂の上から見る坑務所の評判の植え込みはすっかり踏み荒らされて、坑内から撤収を始めた鉄材の集積場に変わっていた。隣りの木造の建物が解散をしぶっている労働組合事務所である。

汚れた赤い旗が屋根の上に立っている。

清吉は坂をおりて急に組合事務所に向かっていった。横手に回り、半開きの窓からのぞくと、

二、三人がふり向いて「どうした清ちゃん」といった。それには答えず、窓敷居に顎を乗せて、すぐそばの、小型金庫を前に札束をかぞえている男に「借金整理かや」と声をかけた。男は札束の枚数と返事をごっちゃにして首を振るので「なさけないことになったなや、甲斐性ちゅうもんがないから」

部屋の中央で書記長という男が眼鏡を押しあげてのびあがった。「ひとの通夜の席だというのに、ふまじめではなかろうか」

「まじめもふまじめもあるものか、げんにつぶれちまったんだもの」「なんぼ清ちゃんだからちゅうて、聞き捨てならんちゅうこともあるぞ」「ほほう、聞き捨てならんちゅうて、ならどうしる。あんたら馬頭に花のひとつもあげたかや、薄情だちゅうて観音が泣いてらっけ」

ひとりが立ってきた。清吉は窓敷居の顎をはずして身構えた。男は清吉を見おろし、わざとゆっくりといった。

「馬頭さんも郷土愛もだめ、愛社精神の掛け声もだめ、世の中変わっちまったんだてば」

「世の中あ、知るか」と清吉は相手のワイシャツのはみ出たベルトのあたりを見ていった。

「喧嘩売る気か清ちゃん」相手の声音が変わった。「おとなしく帰ってほるもん焼けてば」

「おれのほるもん焼くのに指図は受けねえも」

中が険悪になり、不謹慎だ、叩き出せ、と声がする。書記長が目くばせした。「帰りな」と目の前の窓が音たてて締まった。白ペンキが剝げ、木の目のささくれた窓をにらみつけていてもしかたがないので大股に店に戻ってきた。戸をあけるなり「おらあもう、やめたやめた」と怒鳴った。やえがおどろいて「やめたって、なにやめたのさ」というので、「何だか知らんけっど、なもかもよ」と答え土間のブリキの塵取りを蹴りつけ、茶の間にあがって酒を持ってこさせ、「気分もわりいし風邪っ気もするし」といってコップに注いだ。

やえが黙ったままたれを満たした甕《かめ》をかき回し、指をなめている。「よほど締まったか」と聞くと「はえ」といっている。

短冊に切った長葱に味噌を塗りつけ、かりかり齧りながら浮かぬ気分で飲み始めると、きいーんと熔接の音が風に乗ってくる。竪坑の密閉作業がまた始まったのであろう。斜坑や扇風機の、出口という出口を塞いでいまあの櫓の下で最後に残った竪穴封じにかかっているのだが、瀕死の病人の喉にぼろ切れをつめこむようなやり口がいかにもおもしろくない。

五十年の間に、坑道の総延長は三十キロメエトルを越えているというが、その地下の網の目が三間幅の出口に流しこむたかだか一メエトル厚のコンクリイトで窒息させられるというのも妙な気がする。それはともかく、坑夫長屋にも開坑以来の二代三代はいるけれどひと握りとはいえ駅の周辺に寄りついた商人たちもまた炭坑の消長と共に生きてきたのである。騒ぎが起きてからは、それがつんぼ桟敷に追いやられたままで、会社や組合や役人とのやりとりを手も足も出せず眺めるばかりだったが、けっきょく放り出された。

しかし放り出されたの、見捨てられたのはこっちの勝手な泣き言で、向こうは最初から眼中になかったにちがいない。商人の沽券《こけん》もなにもあったものではない。いま、熔接音を家の中まで響かせて憚《はばか》りもないが、あれはあちらの店仕舞いで、こっちが御託を並べてもしかたがないか！

「それにしても、おらやあ行くあてがない……」

思わず声に出し、膝にこぼれた長葱の味噌をつまんで口に入れたとき、くるりと目が回る感じでべつな考えが浮かんだ。待てよ、という気になった。

商店会の陳情騒ぎに加担して、これまで残ることばかり考えていたが、去ることを考えつかなかったのはどういうわけだろう。残ることと去ることを、秤りにかけてみてもおかしくないのではないか……。コップを持つ手が止まった。

——この清ちゃんが部落を去る？ だしぬけにどんと胸を突かれた気がした。トラックの出入りする坑夫長屋を回ってきたために気がおかしくなったのではなかろうか。われながら分らない。にわかに血の気の引く思いがした。「清ちゃんも年貢の納めどきか」と声に出した。すると、こばかにしてきた坑夫たちに食わせてもらった「清ちゃん」が浮かびあがってくる。強いはずの清ちゃんがたいして強くもなく、いつのまにか馬頭さんといっしょにとり残されるのを恐れはじめたとすれば、清ちゃんも存外だらしがないとしかいいようがない。一方では離郷というだいそれた野心のようなものをひょいと思いついて、この先それに引きずられるだろうという予感もあって、だんだんとりとめがなくなってきた。

たしかに離郷の思いつきは、捨てばちな魅力に富んでいた。残留組に加担してあてどのない受身一方の足掻きを続けるよりも、去ることによって多少とも喧嘩腰の腹いせが許されるようなのは、だれに向けてかは別として痛快なところがある。じめじめしていないところもいい。性分に合っているのだった。それがどんな手順で、どんな形で表れるのか皆目見当はつかないけれど昼酒も手伝ってその思いはほとんど快い空想に変わってきた。

脈絡もなくひょいと近所の湯屋の入口が浮かんでくる。そのどぶ板を女客が踏み抜いてあやうく波がしらの暖簾を引きちぎるところだったが、それが戦後まもなくのことで、そろそろコンクリイトにしたらというのにいまだに頑固に板張りのままだ。かと思うと停車場の駅名板の、腐れかかった根元の部分や、寺の石段の昇り口に咲くこけこっこ花が浮かんだりした。駅前からの大通りは、家並が増え、簡易舗装されたとはいうものの、そのたたずまいは昔と少しも変わらず自転車屋兼業のブリキ屋の店先には、いまでも錆びついたリヤカーや、やくたいもない鉄屑が道路にはみ出しているし、パーマ屋は扉をカフェー風に塗りかえたが、古い二階屋の髪結いの味を残していて道を行く男衆を見くだしている。

清吉の胸がふいにはずんだのは、その大通りを行列の先頭に立って歩いた小学校の高等時分の光景が蘇ったからだ。山神の祭りには、馬頭観音碑の前で、五月の風に吹かれながら神官がのりとをあげたあと、部落中の馬を集め、桜の造花で馬体を飾り美々しく行列を組むのだった。例年二月の馬搬安息日に仏式で営む供養よりも、清吉としては仏に神主が世話を焼く山神祭りの方が好きだった。行列は、鞍上に御幣を飾った馬を先頭に立てるのだったが、その口輪を取ったのが水干に半袴姿の清吉だった。

あとには神主や氏子代表や、馬主を乗せた馬が続き、さらにうしろから赤襷《あかだすき》の女衆が手踊りで連なるのだった。しかもすぐうしろで汗をかきかき馬上の神主にさし傘をしていたのがほかでもない秀才の北条軍治で、馬屋の跡取りである清吉はとにもかくにも先頭だった。馬も人も、みな清吉のあとをどこまでもおとなしくついてきたのである。

大通りは晩春の陽がいっぱいだった。商店街から坑夫長屋の奥まで、半日ばかりで回ってくるとさすがにぐったりしたが、髪結いの二階からは結子の顔がのぞいていたし、沿道の高等の女生徒たちの清吉を見る目も尋常ではなかったように思う。

——あんなふうにだ、いっちょうやるか！　清吉はその大通りをやえを連れて堂々と出てゆく自分を想像して酔った。それから台所のやえを盗み見た。何となく秘密の計画を感づかれたような気がしたからだった。やえは眉を極端に吊りあげた伏目になって、甕の首をビニイルでふさいでいる。

あまりに屈託がないので「長生きするでえおまやあ」と声に出すと、それまでかなりの沈黙が続いていたことが知れる。「水道ば、ぎちっと締めれてば、ぽったぽったとやかましいこと」やえが立ちあがり「こまぎれみたいに何ゆってるのさ」といって蛇口を締め直した。一層静かになった。

それから清吉はすっかり気落ちしてしまった。ありもしない花道を空想するのは、さすがに軽薄に過ぎる。空想を断ち切ってみるといまのお先まっくらがこたえてくるのだ。むしろ商店会の役員になり損ったことや、自衛消防の班長をぎっくり腰のために未練を残してやめたことや、若干の株券の処理などを考える方が実際的で意味のあることではなかろうか。いざ離郷ということになればそういうかかわり合いが有形無形の損得につながる。大事なことを後まわしにして見栄っ張りだけが先に頭に浮かぶのではいよいよもって軽薄である。といってそのための細心の計画や冷静な先行きの見通しなどは、清吉のもっともにが手とするところである。

土地っ子の清吉がこの里を離れたのは、入営応召の前後四年ばかりと、兵隊検査直前の無頼の一時期だけである。馬追いはたっぷり経験し、兵役もまた輜重兵《しちょうへい》で馬との縁は切れなかった。

大戦後は坑外にあがって資材工場の馬搬をやり、やがてトラックの普及で馬を手離した。ほるもん屋を始めたのは清吉四十歳の男盛りだったが、いまその馴れ親しんだこの地の場所やことがらや人を、きれいぎれに、しかも他人のように見た自分を清吉は空恐ろしく思った。成算はなにひとつないのに、だ。

――そうだっけ、やっぱりおらやあどこさも行くあてがない！　大いばりで生きてきた人生だけれど、いまとなっては炭坑と共有した人生で、その炭坑につき放されてみると手元には何も残らない。怒っても恨んでみてもはじまらず、空想もだめなら意地も強がりも通用しない。坑夫たちをばかにしながら、坑夫たちに食わせてもらった清ちゃん。存外だらしのない清ちゃん……と元に戻ってしまった。

希望を失いかけた病人が手のひらをかざして眺めるような気分で、ぼんやりしていると、はじめてのようにこの土地への強い執着が湧いてきた。それがいまのところ唯一の真実だと気がつくと、清吉は二重に力を失った。

なさけなく癇が昂ぶってくる。膝元の火掻きを握って火の気のないストーブを力まかせに打ち据えた。弾みのない乾いた音がした。やえがびっくりして「まだまだ飲むのかい」という。「さっさと土間掃けやあ」と追い立てたが頭の芯が冷えて、悪い酒になったと考えていた。

巻揚櫓が動きを止めるまでの五年間に清吉の店も多少は変化していた。網焼きの木炭をプロパンガスに代えたが、坑夫の世帯までが軒並みガスに切り替えるのではおだやかでなく、なにやら百姓が米を嫌ってパンを食うようなものだった。鶏が安価に出回り出して「清ちゃん」はその丸焼きに手をひろげて、女、子どもが出入りするようになった。念願のおでんを思案中に炭坑の雲行きがあやしくなり坑夫の退職が目立ったため急いで断念した。

もっとも大きな変わりようは息子の清二が不良になったことだが、近ごろになって清吉は楽観している。

清二は中学のあと定時制にもぐりこんだが、これがよくなくてまちばの不良とつき合って美人局《つつもたせ》の使い走りをやったりで、とうとう家をとび出した。

やえの作った握りめしや下着の入ったトランクを抱え、ひと旗あげるといって逃げていったが高飛びの勇気もなく近くをうろついて駅二つ離れた市の、長女の嫁ぎ先に小遣いせびりに現れ、やえがその分をひそかに補塡しているのを見て見ぬふりをしていた。婿の杉村がその市の駅前食堂の板前をやっている。

この杉村もほめられた前歴でなく、かたぎに戻ってからも血の気と男前でいい顔になっているのだが、清二がこの杉村に頭があがらず、却ってその手職を習いたがってちょっかいを出しているというのだから笑止であった。

身内にあこがれるのでは降参したも同然と清吉は高を括《くく》っている。

組合にいやみをいって悪い酒を飲んだ日から半月も考え込んだろうか。清吉はさんざ迷った末の思いつきで、ある日清二の様子をさぐってみるとやえには嘘をついて婿の杉村を尋ねていった。杉村は、どてらの懐手で胸毛を縒《よ》りながら「そういうことならば、まず里を出るという大決心をしてもらいたい」と真顔をゆるめず「焼き鳥やホルモンならば、調理師会に関係がない、このまちで商売を始めるとしてさっそく当ってみる」と頼もしいことをいうので「おれはまだ半信半疑だ」と急いで制止した。杉村はその清吉を見据え「だからそういうことではわしらとしても気遅れがする。義母《かあ》さんに内緒だというのがいっそう気遅れがする。この際とくと相談して決着をつけてもらいたい」と懐手を抜いて迫った。

「なんだか父さんらしくもない」と長女が加勢した。「あの村はどのみちごうしとたうんになるとみな噂しているのだから、この際うちにまかせてみなさい」

酒を少し飲んで最終の気動車で帰ってきた。

静まりかえった界隈に、どこかの鶏が鳴いている。もう日が高いというのに、間をおいては喉を絞って鳴く。鶏には鶏の考えがあってのことだろうが、と清吉はぶつぶついいながら明りとりの小窓ひとつきりの物置小屋で夏のがらくたを片づけていた。すでに婿の杉村は精力的に走り回っている気配なのだが、あれから三日も四日もたつというのに清吉はまだ決心がつかない。

やえに切り出す前に自分の決心が先だが、それがなかなかつかない。杉村が聞いたら怒り出すだろう。あれで杉村の癇癪も相当なものだ。加えていま、やえにかくれるようにして物置の中であれこれ思い屈するというのは、まったく清ちゃんらしくもないのだ。

鶏がひときわ長い尾を引いて鳴いた。爆発はその直後に起こった。鶏の鳴き声が跡切《とぎ》れて、しんとした間合のあと、まず物置小屋の地面が揺れた。どん、とおそろしい音が伝わってきた。棚の古薬罐《やかん》がゆっくり倒れかかるのを押え、一度は暗がりに目を凝らしたが音はそれぎりで、かわりに人の叫びが聞こえる。戸を蹴破るようにとび出すとき、やえの金切り声があがった。

「父さん父さん、櫓が倒れてくるよう!」外へ出て目を疑った。

おだやかな秋空の宙天高く、巻揚櫓はきのこの形をした黒煙の塊りに包まれていた。

清吉は迷うことなく「ああ地獄の花だ」と口走った。六百メエトルの長大な竪穴を茎にしてぬっと地上に咲いた地獄の黒い花。目の玉を裏返すように見直すと、それは急速に動き出し、まがまがしい巨大な花弁をひろげていく。

下駄ばきのまま煙を見て走った。行手でものを投げつけるような金属音がした。何やら狂ったような破壊が行われているらしく、音にせかされて前後の者たちと競走になった。坑務所の門に取りついてみると、眼前の巻揚櫓は、まるで直撃弾を受けた艦橋だった。血迷ったやえが叫んだようには崩れ落ちる気配も見せず剛直に突っ立って噴煙に堪えている。

遅れて門にとびついた男が「見ろ、不動明王だ」と喚いた。櫓を支えている操車場や坑務所の建物は全体が発煙筒と化し、窓という窓から煙を吹き出し、煙の中で人の叫びが聞こえる。

空が急に光を失ったのは、噴煙のひろがりと共に夥《おびただ》しい煤《すす》が風に乗ったためで、それは強いメタン臭をまき散らしながら黒い雪となって徐々に降下に移りはじめた。

みな悲鳴をあげて物蔭に散り、清吉はためらいもなく家に逃げ帰った。窓の外をうんかの大群が舞う。際限もなく、あとからあとから舞い落ちる。「もうだめだわ。ぜんぜんなもかもだわ」と清吉が呟くのにやえはおちつきを取り戻していて「またばくはつかえ」といっている。

「またもあぐらもあっか、物凄い最後っ屁だ」

どれほどたったろう。煤のしずまるのを見て、頬かむりにゴム長でとび出した瞬間、あまりの異様さに清吉は足が竦《すく》んだ。視界はただ黒一色だった。道路も屋根も立木も完全に煤に覆われている。いきなり天変が起こって、地上にだけ夜の闇がきたようだった。

犬も吠えず、鳥も啼かぬ奇妙な静けさの中で、人間の群れだけが黒雲の中を泳ぐように櫓の方角に動いていく。濃く漂う炭塵の刺激臭に鼻を押えながら清吉も先を急いだ。足もとで煤が舞いあがり渦を巻く。

村落もろとも、何やら途方もないしくじりに巻きこまれたのは明らかだった。煤は竪坑を中心に優に一町四方にひろがっていた。

噴煙があらかた納まった現場一帯は遠まわしに張られた縄を境に見物が声もなく押し合い、見上げる櫓は薄衣をまとうように透き通った煙を漂わせていた。

操車場が手ひどくやられていて、五階建の高さはあるトタンの壁が、拳で突き破られたように大穴をあけ、煙の晴れ間から暗い内部の鉄骨がのぞけた。建物の窓ガラスは全滅だった。落ちかかっているガラス片が鈍く光り、気まぐれに下のヘルメットめがけて落下する。

煤煙《ばいえん》を巻きあげて警察の自動車が到着し、あとを追いかけてきた新聞社の車がつんのめるように止まった。もう解散したはずの炭坑の消防が軽便ポンプの水をしゅうと吹きあげたが火の気づかいはなさそうだった。

坑務所の入口で右往左往するヘルメットの間をかき分けて数台の担架が内部にとびこんでいき、まもなく毛布の塊りを乗せて女坂をのぼっていく。担架はさらに続き、そのうちのひとつには看護婦が薬瓶を捧げていっしょに走っていく。風が出てきた。地面全体が黒いうねりを起こし、建物の屋根からすべり落ちる煤が間断なく宙に舞う。あちこちでてんでに音色のちがう咳ばらいが起こるが聞こえるのは咳ばかりでまるで声というものがない。

ヘルメットがふたり、現場を離れてこっちへ向かってくる。清吉らの手前で立ちどまり、ひとりがくしゃくしゃの紙袋から曲がった煙草を抜いて、この煤の中だというのに互いに火をつけ合った。煤だらけの顔の赤い唇に煙草は異様に白く映じた。清吉が叫んだ。

「いったい何が起こったんだや！」

「見ればわかる！」とヘルメットがどなり返したが、見物の目に圧《お》されて吐き棄てるようにいった。「扇風機をとめりゃガスが溜まるのは当り前だ」たちまち騒々しくなった。見物をかき分けるふたりは初動捜査官のように性急な質問を浴びせられたが「おれは知らん知らん」といって逃げていった。

組合の建物のあたりで女の悲鳴があがった。

数人がなだめすかして病院の方角へ坂をのぼっていくが、悲鳴はその群れから断続して聞こえた。清吉はものをいう気にもならず、瀬を渡る恰好で煤の道を家に戻ってきたが、見物が囁き合っていたように、清吉もまたこの爆発は山神の報復としか考えようがなかった。

ほんの数日前、山神の神体は人間の肩にかつがれてどこかへ行ってしまったのである。隣町のかけもち神官と、数人の氏子につき添われてどこかへ行った。今にして思えばいやがるのを無理に連れ去った趣きで、色のついた幟《のぼり》を二本立てたきりのさびしい行列はまもなく幌つきの小型トラックに乗せられて炭坑を出ていったのだが、あまり注意を払うものはいなかった。あの山神がひそかに眦《まなじり》を決していたのは想像に難くないのだ。

空頼みとはいえ、将来の再開発も噂されていたものを、それすら吹きとばしただけでなく、この先あの手この手で密閉したがる人間の知恵をあざ笑うように、山神は二度でも三度でもはね返すような気がする。つまるところ、神も人間もこれで完全にやる気をなくしたことがはっきりした。

このあと技術者や警察や監督官が、そろばんをはじくように事故原因を発表したとしてもだれもがしらじらしく見送るに違いない。できることならおだやかに坑口を閉じ、ひっそりと夏草がそれを覆い、青大将が昼寝をするということにならなかったものか。清吉としては神と人間の根くらべの破壊が、天竺の蚊柱のために堪えがたい思いがした。

「このぶんでは飲みに来るばかもいないだろう」といって、清吉は暖簾も出さず冷や酒を飲み出した。

ぼんやりと、神棚の招き猫や馬頭観音のお札を見て飲んでいると、噴煙に包まれた櫓が浮かんでくる。一刻あとの、薄い煙をまとった櫓が二重映しになる。地獄の狂い花は、時間がたつにつれ天竺の蚊柱に変わったのだった。清吉はまぼろしを見たような気がして、そのためにちょっと考えこんだけれども何もまとまらなかった。しかしふっと離郷の迷いが薄れるような予感があった。

日が暮れてから雨になり、小縁から裏庭の黒い雨脚を眺めていると、酔いの回った目にはそれが馬頭観音のなみだ雨に見えてくる。

気散じになお大酒を喰い、はやばやと鼾をかいて眠ってしまった。雨はひと晩中降り続け、軒下からじとじとと黒い雫《しずく》を垂らしていたが、夜明け前にはやんで、どの建物も屋根はさっぱりと洗い流された。黒光りする道路の水たまりが、冷たさを増した風に縮緬皺《ちりめんじわ》を浮かべている。

今日も杉村が来る。

念入りの調べにもかかわらず爆発の原因は分らずじまいだった。密閉作業の真下まで来ていた滞溜ガスに熔接の引火が疑われたけれど、そのとき熔接はやっていなかった。坑内の深いところで回収洩れの鉄柱が地圧で沈む瞬間に摩擦の火を起こしたかも知れないがそれも臆測である。

とにかく火は出た。坑内のどこかでちかと光った火花が、つぎつぎと誘爆を起こしながら坑道という坑道を走り抜け、出口を竪坑に求めて一気に密閉中のコンクリイトを吹きとばしたのである。その威力は東西百メエトルに及ぶ操車場を水平に走って両端の壁をぶち抜き、余力を櫓から噴出させたのである。操車場がなければ、全エネルギィが垂直に天空に抜け、櫓を倒し大滑車を宙に舞わせていたにちがいない。

分ったことは爆発の大きさと五人の死傷者を出したことだけである。しばらくの間清吉の店はその話でもち切りだった。黒い鳥が舞い降りただの、止めを刺されてせいせいしただのと喧《やかま》しいのだったが、だれもが無形のものの猛々しい意思を信じて疑わず、どこかきみわるげなのだった。総じて山神の評判は芳しくなく、神体が女神であることから話は下世話《げせわ》におちるのである。この女神は、坑内に女を入れると嫉妬するし、切羽《きりは》で口笛を吹くと浮かれてだらしなくなり天盤を落として坑夫をあやめたりで昔から蔭口の絶えることがなかったのである。

しかし直接の動機は例年五月の山神祭りを、駅二つ離れた大きなまちの大祭に合わせて六月にずらしたためだと客の意見がまとまった。二年ほど前からそうなった。

開坑いらいの五月の山神祭りは三日間の休業となるが、近ごろは坑夫も贅沢になってひと月あとの市の大祭にも仕事を休んで家族連れで遊びにゆく。それでは困るというので会社が六月に繰りさげた。実際それからろくなことがなく、小爆発や自然発火で死人もふえた。山神がおかんむりだったのは理の当然で、そのひすてりいが坑口密閉でついに破裂した。だれもがそういう結論なのであとは話がはずまず、爆発の興奮がさめると「清ちゃん」に客足が絶えた。

朝から妙に人だかりがするので戸口から覗くと、向かいの洋服屋が投げ売りをやっている。転業大蔵ざらえとにわか造りの看板を立てて人を集めている。男もののグランドコートを着た坑夫の女房たちが先を争っているので「見ろ、村上もやめていくわ」と清吉は大声をあげた。やえが背後に忍び寄って清吉の脇の下から覗いた。

「どうだ、合点がいったか」というと、首を引っこめて横を向いた。案の定、やえは移住に反対だった。高を括っていたのが意外に強情で、杉村の話がまとまり出すと、諦めがちらつき始めていた清吉の方がじりじりすることになった。

あまりにきき分けがないので「おまやあ、どういう了簡だ」といってこづき倒した。再三連絡にやってくる杉村を送り出した夜のことである。泣きもせずにらみ返すので「男がこうと決めた以上、嬶《かかあ》の泣き言を聞く耳は持てないのであるから、ここは婿の采配にまかせて一大決心をするのでなければ、本当に置きざりにするぞ」と、杉村の口調をまねておどしたが、苦汁を飲む思いだった。清吉としてはやえの強情を心中よろこんでいるのであって立場が逆ならば、清吉もまた素直にうんといえるはずがない。わけはどうであれ、ひと理屈もふた理屈もごねてみせたいところである。しかし杉村に、待ってくれとはいえなくなっていた。腹の内では、杉村の手の早さや才覚がうらめしい気がしないでもない。

銭湯や市場での愚痴ばなしを聞くにつけ、遠からず噂は清吉にも向けられて、さすがの清ちゃんもいきどころがなく、その日ぐらしを続けるつもりかといわれるのがつらく、ちゃんと手は打ってあるのだと、他人に分らせるだけで目下のところ十分だったのである。いま、杉村に引きずられるままに、内心をかくしてやえを口説く立場になってみると、取り返しがつかなくなるのを承知で深みにはまっていくようで、何ともいえない心持ちになる。及び腰になるのを気をとり直して責めた。「このあと残るのは梶の材木屋と寺ぐらいのもので、うぬは島流しの俊寛になる気かや、停車場も郵便局も消えた草ぼうぼうのかちかち山にしがみついてどうする気かや」

やえは何もいわずに洟をするので、「なにもいわないのはどういうわけだ」とこぶしを固めるのだが気勢はあがらない。夜半近く「分ってるんだよう」とやえがひとこと洩らした。「なに、したら行ぐか」とたたみかけると「行ぐ」というので「ならもう諦めて寝ろ」といって寝た。寝物語りに「だれもいない竪坑がいつまた爆発するかも分らない。あれはもはや墓石と同じで、なんびゃくという怨霊がぶんぶんとび回るだろうよ」と、半分は自分にいい聞かせた。

やえはべつに怯《おび》えもせず黙って目をあいていて、「町内ではまだ、だれひとり腰をあげないのに、根っからの土地者の清ちゃんが一等先に逃げ出すというのが心底気にかかる」というようなことをいった。

清吉が神妙に聞いていると「男には見識というものがだいじで、見識がわらわれるのは困る」ともいうので、びっくりした。変わったものを見るようにやえを横目で見てから「逃げ出すのなら一等先に逃げ出すのがおれの流儀だ」といった。胸のつかえがおりたようにやえはぼそぼそと喋り出した。

――坑夫長屋の方では、そろそろあさましいことが起きている。転職先のアパートが狭いというので置き去りにされた年寄りが出た、縁組みが破談になって刃傷沙汰《にんじようざた》になりかけたところもある、おちぶれてくると鳥まで足もとを見るのか、追っても逃げず、かえって山菜取りの女が頭をつつかれた——。

さらに「京屋が握りめし屋になるちゅうのは本当かえ」と逆に聞いてくる。「あの京屋がか、握りめし屋にか」と清吉はおどろいた。「それもこれも、あとから入ってきた能なし共が親の代からのやまをつぶしてくれたからであって、だいいち血書連判状でも作ってお家再興という度胸がない」と清吉は憤慨してみせた。——とばっちりでおれたちも——といいかけてやめた。南清吉の沽券が泣く。みじめであった。

——しかしこのなりゆきは正真正銘だろうか、まさか芝居を見ているのではなかろうが——とまだ考えている。眠れず、長いこと天井を見ていた。

洋服屋が投げ売りを始めたため、やえは観念したようだった。清吉としては、やえに首をたてに振られてみると、何やら手ごたえを失った気分で、杉村の連絡を待ちながら送別会流れや、みみっちい割勘の高校生などのむら気な客足を相手におちつかなくほるもんを焼き、鶏ももを焙った。

毎日のように、坑夫の引越しトラックが埃を巻きあげて通る。騒々しく女坂を下ってきて清吉の店の角で速度を落とし、ゆさゆさと荷をきしませて曲がり切ると、再びエンジンをふかして走り去る。あと足で砂をかける振舞いに見えていまいましいのである。

ある夕暮れどき、店はやえにまかせて近所の蕎麦屋《そばや》へ酒を飲みに出かけると、思いもかけず北条軍治がいた。見知らぬ男と盃を合わせているので、つい愉快がこみあげて「坐っていいかや」というと、にが笑いをして「まあ坐れや」という。清吉は腰をおろしながら「ほるもんの清ちゃんが、よその酒を飲むようではいよいよこのやまも終わりだ」と連れの男に笑ってみせた。北条は「清ちゃんが飲んでも飲まいでもおしまいだ」といった。久しぶりだというのに、こういうところは相変わらずだとむっとしたが、客の手前黙っていると、北条は「万事おまかせするのでよろしく」というようなことをいう。

相手は清吉をちらりと見て「形式上、面接はあるけれども辛抱してや、わっぱ（車）回しなんかあんたらしくもない」「当分失業保険でのんびりという手もあるんだが、それじゃあ体がなまる」北条が盃をのぞきながらそういうことをいうので、就職ばなしだな、と清吉は気のどくを通りこしてさびしい心持ちになる。にわかに北条軍治がうらぶれてみえるのはしかたのないことだった。

それから少し爆発の話になった。清吉が念を押すまでもなく、北条もまた山神の祟りを否定せず「たいみんぐが合うちゅうけれど、あれほどとはなあ」といった。清吉は、前歯で蕎麦を嚙みつぶしながら「そのばくはつ尻目に毎日坑夫が逃げていく、ありゃどういう了簡だ」と自分を棚にあげたのは、話の糸口ほどの軽い気持ちだったのだが、北条は怒った顔になって「どういう了簡もなにも、逃げるよりしかたがないじゃないか」といった。

あとは押し問答になるだけなので、北条の転出先の話を聞こうと身を乗り出したとき、連れの男が清吉には見向きもせず「それで、水はいつから揚げるの」といった。思わず聞き耳をたてた。

「ダムは今日あす中だというから、注水は四、五日あとかな」北条が銚子をとりあげ相手についだのを清吉にも回して「ん」といった。

急いで盃を干し「ダムだの水だのと何の話だ」と低く聞いた。

「始まったな清ちゃんの地獄耳。水没よ、水没」「なに」と清吉が目を剝いた。「密閉やめてか」「そうだ、土左衛門だ」「本気でか」「本気もなにもその筋の達しさ」

「ほほう」と清吉がそり返った。北条は不快げに「おれがきめたわけでなし、そんな目で見るな」といった。だんだん目が吊りあがってくるのを見るのは気持ちのいいものではないが、清吉としてもこみあげてくる不満は晴らしておきたかった。

「北条さんにいってみてもはじまらないけっど、おれにゃあ念仏唱えるようにして掘りあげたあれだけのものを見捨てるちゅうところが、この期に及んでもまだ我慢がならねえぞ、あれはただの骨折り損か」

「そういちがいにいえるものか」と北条がそっぽを向いた。「あんただって竪坑に命かけるとまでいったお人だっけ」「清ちゃん」と北条が顔をそむけたまま呼んだ。

「いまさらどうしろというの、このおれに穴にとびこんで死ねちゅうか」

——そういういみではない——と抗弁したいのだが、それではどんな答えを期待したかというと口ではうまくいえないが、あの竪穴にこもる人間の情念やたましいというようなものに、ひとこと共感を示してくれれば済むことだと思うのだ。

「清ちゃんは、はたから眺めてわあわあいうだけだったじゃないか。気持ちは分るけっど喋り出せば手に負えない観念論だ」「おらやあもともと観音をたてにものをいってきたさ」「観音ではなく観念」清吉はくやしげに笑って盃を含み「そんなことはどっちでもいい」といった。連れの男が横を向いてふっと笑ったように見え、清吉は逆上してきた。

「みんな冷たくなってしまったな。見ろよやくたいもない女《め》狐の神様なんぞ祀りあげるからして、ばあっと仕返しをくらったんでねえの、馬頭は馬頭でいきどころが無いちゅうて泣いてらわ、それでもってこんどは水攻めだぁ、どこまで罰当りやりゃあ気がすむんだか」「いいかげんにしろよ」と北条が盃をつまもうとするがその指が震えている。

「清ちゃんだって泣き泣き密閉していることぐらい分っているだろう、ほんとのところ、馬頭さんじゃ片づかないってこともさ」

「ちがう」と清吉が手を振った。「人間の力じゃあ片づかないからして、ほとけをたてに……」

「人間の力で片づいたんだ！」北条が大声をたてまいとしておそろしい顔になった。「清ちゃんよく聞け、おまえはふたことめにゃあ竪坑、竪坑というが、あれはただの穴ぼこなんだぜ、ひとと炭の通りみち、あの穴ぼこからひとかけらの炭でも出るかや」「ンなら、あれはただの抜け穴か」「きまってるだろ、しっかりせえ」清吉としては、自分が約束を聞きちがえていていまになっていい含められているような心持ちがする。

「あんたひとこともそうはいわなかった。あれが出来りゃあ万々歳だとはいったが」北条が煙草を抜いてまたしまいこんだが、煙草は折れ、北条は心を静めるように折れたのをふたつに放して、吸口の方をくわえた。連れの男が何かいいたげに清吉をにらみ、清吉もまたにらみ返したが自分の顔が青くなっているのが分る。

「清ちゃんが」と北条は半分の煙草を指でころがした。

「掘削の間じゅう子供のようによろこんでカレンダアにつけていたっけ。おまえは穴掘りに願をかけていたが、おれたちは掘った炭に願かけていた。ちがうんだそこが」北条が正面から清吉を見た。

「おれが思うには、清ちゃんは竪坑とよく似ている」清吉が意味をはかりかねて「なによそれ」といった。

「おまえは竪坑みたいにからっぽだ」「おれが、竪坑みたいに」北条はこんどは冷たく笑っている。「そう、すぽんとまっすぐ正直なのはいいが、からっぽだ。よく考えてみろ、やまをつぶしたのは甲斐性なしだのと組合にまで食ってかかったそうだが、坑内の宝物をもういりません、買いませんといわれちゃあお手あげだ、理屈でも何でもないじゃないか、こうなっちまったからいうけど、うちの炭はな、大学に回しても研究所で調べてもとうとう原料炭のお墨付きはもらえなかったんだよ清ちゃん、掘るものはなまくら、どうまぜこぜしてもだめだった、それなのに」

北条が目を剥いて苦しげに酒をのんだ。「坑内では四十度、聞いてるか、塩をなめなめ栄養剤のみのみ四十度だよ、温度なんていうものじゃあない。熱だ、熱を一度さげるのに一億かかった、どうしようもないじゃないか」

「そんなことは知ってら、燃料かくめえなんだから」清吉が辛うじて反論した。

「知ってるならいい」と北条が少し和んだようだったが、清吉としては子供扱いされなめられていると思った。口をとがらせていった。「そういう工合に頭のいいひとは割り切るんだ」「割り切っちゃいないんだったら、どういえば分るんだ！」「なら、前世の因縁かや」と清吉はひるみをかくそうとした。

「またあれだ。どう考えようと清ちゃんの勝手だが、偶然よ、たまたまこうなっちまったのさ、因縁がらみで片づく話か！」清吉としてはああいえばこう、白といえば黒と切り返され、意味不明の反論しかできぬ自分がつくづく不甲斐ない。「そうしると何か、あんたがくやしいのは上等で、おれのは並みか！」

店内の物音が絶えてしまった。北条は横目で清吉を見た。「ほるもんの品定めじゃあるまいしわけのわからんことをいうもんじゃない。それに清ちゃん、おまえだってこの里を捨てるというじゃないか」

虚をつかれて清吉がみるみるごまかし笑いになった。北条がその清吉をじっと見ている。

清吉は急いで手もとの銚子を振ったがすでに空《から》だった。清吉の笑いが消えた。――おれはなんで笑ったのだろう。ついうっかり、ありもしない弱味を突かれたように錯覚して卑屈に笑ったとは――清吉が黙りこんだため、北条も見知らぬ男も互いに横を向いて黙っている。

清吉としては、なにも離郷を北条にかくそうとしたわけでもなく、まして裏切りでも何でもないにかかわらず、うっかりごまかし笑いというへまをやって、かえって北条にいわれのない疑念を抱かせた自分が情なかったが、離郷をたてに取られて引きさがるのでは筋がちがうのだった。

決心がつくまでの、やえとの暗い日々を思い出して気持ちが昂ぶってきた。――どこで聞いたか知らないが、余計なお節介はやめてもらいたい――。そういおうとして顔をあげた。

北条は片肘ついて、空の小鉢を割箸で突いている。すっかり沈みこんで、自分がいま何をいったかさえも忘れているような有様で清吉にはそれがいつもの北条軍治とは別人に見えた。ものをいう気をなくし、目をそらした。北条は、清吉の離郷を詰《なじ》ったわけでもなければべつに止めも奨めもしていないのだった。

清吉は、これまで悪態をつき通してきたあの「能なしの屁理屈野郎」の正体が、目の前の北条軍治ではなかったかと疑った。

げんに「泣き泣き」だの「割り切っちゃいない」だのというけれど、馬頭などには洟をひっかける気配もない。数字や理屈を過信して自然の霊鬼に勝負を挑み、負けたのは世の中のせいだと歯嚙みするのでは、いつまでたっても寝ざめがわるかろうに、まだへりくだるということがない。これが秀才のやり方なのだろうか。

とにもかくにも、場のなりゆきはすっかりおかしくなっていた。清吉はふたりにいやがられている自分にもそのとき気がついて、盃をぽんとテエブルに伏せ「これまでだな」と立ちあがった。帳場に向かって「おあいそおあいそ、からっぽ頭にゃぜに勘定ができねえ」と叫んだ。「清ちゃん清ちゃん」と北条が呼んだような気がする。その声につきとばされるように戸をあけた。足もとから赤犬が跳ねて、角の暗がりに逃げていく。歩き出す背後で憚るように明りがともった。

北条軍治にも見放された竪坑櫓が黒々とそびえ、先端の航空標識灯だけが線香の火のようにともっている。「気のどくにな」と清吉は呟いた。すると、北条にやりこめられた腹立たしさが戻ってきた。「なにもたいした注文をつけたわけでなし、そういう考えもあるだろうと、なぜひとこといえないのかあん畜生!」暗くなった通りを大股で歩いてきた。——あんただってただの失業者じゃないか——。

「清ちゃん」の小窓の明りを見たとたんにくやし涙が湧いてきた。

掌の土手でふり払った。

念仏の大合唱が響く夢を見た。馬頭観音碑の崖裏の川水が、皮を剝かれた青大将のように曲りくねり、白い血管になってふくれたり縮んだりしながら坑口に辿りつき、鎌首をのけぞらせて水を吐いている。念仏はその水音のようでもあった。坑道はすっかり暗渠《あんきょ》と化して、木切れや馬糞や鼠の死骸や梅干の種子を黒いあぶくといっしょに浮かべてひたひたとせりあがってゆく。清吉がつらい気分に陥ったのは、浮いている雑多な塵あくたをかき分けて、何頭もの馬たちが赤い目を見開いて泳いでいるためである。生を求めて上へ上へと泳ぐさまはあまりにむごたらしく、清吉は夢の中で疲弊した。朝から風が吹き荒れていた。起き出した清吉の顔は、眠っているまに何者かの手でかきむしられたとでもいうように露骨に不機嫌をあらわした。

すっかりいやけがさしているところへ、杉村が風の中をやってきて首尾上々と伝えた。駅裏の「雑居ビル」の権利が手に入ったという。

一度店を見にいってはどうかと奨めるが、「そのうちにゆくが腹がきまった以上、見にいってもいかなくても同じだ」と答えた。やえの尻を叩いて家財のまとめにかかった。「おれは逃げ出すのではない、見捨てるのである。ばち当り共に愛想をつかせてとび出すのであるからして他人にあれこれいわれる筋合いはない」というようなことを、やえに聞こえるように杉村に向かっていうと「そういうことはこの際どうでもいいのであって、食うことが先だ」と杉村が答えた。

その杉村が、旧式の冷蔵庫の肉厚の扉を揺すって「ありていにいやあ追い出されるのよ、この冷蔵庫下取りにもならんな」といっている。積み出しには若いものを連れてくると いって帰ってゆく杉村に「頼む」としかいいようがなく、家並みを吹き抜ける風の中を送ったあと、銅《どう》壺《こ》、俎《まないた》、庖丁、ガスコンロや丸椅子など手始めに商売道具から梱包《こんぽう》を始めた。廃業の貼紙を垂らし「清ちゃん」の暖簾をたたんで古箪笥の衣類に挟みこんだ。

それから四、五日かけ回って、家も土地も処分は人にまかせることにし、ひと息ついた夕方のこと焼き網の古いのを庭の隅に埋めていると、垣根の向こうを北条軍治の娘がうつむいて通ってゆく。高校の制服と白い顔が、秋深い夕もやの中で、つつと絵が動いたように見えたので、思わず「かなちゃんかなちゃん」と声をかけた。肩まで垂れる髪をゆさ、と揺すってこっちを向いた。長いスカアトの前で腕を交叉させ、鞄をさげて立った姿が形よく、清吉は胸のわだかまりが解ける思いがした。「父さんどしたかや」といった。桃色のくちびるが丸く動いて「お父さん、もう行っちゃいました」と聞こえたので「なに、おらやあ耳が遠い」と垣根際に寄った。「もう行ったちゅうてどこさ行った」「内地です、川崎の方」「いつまた」とせきこむと、「おとといかな」と首をかしげる。

「家族を置きっぱなしでか」「半としぐらいしたら戻ってきて、それからみんなで行きます。おじさんもお店やめたんだって」

「やめたやめた」とあとが続かぬうちに娘は「じゃあね」といってうつむいて歩き出したが髪に顔がかくれた横向きの姿が今度は面をつけた紺装束の剣士のようにも見える。ぼんやり見送っていた。

これまでだな、と席を立った自分に、北条はたしか「清ちゃん清ちゃん」と呼んでいた。——あのとき戻ってやってもよかったことはよかったんだ——。自分の手で何かを断ち切ったとは清吉はまだ信じかねていた。

子供を連れて長女が先乗りしてきた。女ふたりが何やら楽しげに小物の整理を始めている。顎のとがった娘が、その顎の先で母親を指図し、皿小鉢をかぞえるのを見ると味気ない思いがする。ずかずかと入りこんできて、わがもの顔にかきまわす。清吉や、やえの裁量の先取りしいつのまにかその選択の余地を狭めて恬《てん》としている。

「なにこれ」と娘がいった。手に紙筒を探り当て、顔をかしがせて覗いている。清吉の暦だった。「どら」というと足もとにころがしてよこすので「いつから親にものを投げることを覚えた」と、ひとついやみをいって広げた。二年分の暦は、ほるもんの煙ですっかり黄ばんでいた。西洋の子供を眺めてから日付欄のボールペンの跡を追ってみたが、手もとに老眼鏡がなく、ぼんやりした染《しみ》をめくっていると、それが歳月のかたちなのだった。

二年めの暦。天守や武者窓や甍《いらか》はすべて昔のままなのに、その下の日々の流れが混沌として清吉には見えない。リノリウムの上に押えつけ、首を立ててみるが、腕の長さだけの距離ではもう清吉の目は像を結ばず浅瀬の底をのぞくようにして、わずかに「本体掘了」という角ばった北条軍治の文字の形を捉えた。焦れて手を放した。暦は食虫植物のように急いで門扉を閉じた。暦はよそよそしくすっかりべつものになっていて、清吉のたしかな記憶を保証しないばかりか、かえってそれを疑わしくさせかねないのである。その紙筒からは、念仏どころか、男たちのはあしいはあしいというほるもんの吸い食いの音すら伝わって来ない。

薄暗い茶の間の、煙草の焼け焦げだらけのリノリウムの上で半面だけ窓明りを受けた二つの暦は、解放されて急いで前をかき合わせたふたりの女のようにくっついているのだ。

清吉には、それが紙筒ではなく、どうしても敵意をこめた生き物に見えるので、思わずふん、と鼻を鳴らした。するとおどろいたことに、紙筒もまた、ふんと笑い返したようだった。——酔狂に墓穴の深さを測ったんだってあんた！

風が人間の声を運んできた。おう、おうと鬨《とき》があがっているのは、労働組合が旗を焼いているのである。清吉は紙筒を拾いあげ、やえに皮ジャンパアを出させて外に出た。

組合事務所の方角で薄い煙が立ちのぼり「がんばろう、がんばろう」と声がする。広場に行きついてみると、積みあげた薪の火を囲んで十数人の男や女がひいひいと泣いている。

赤い旗はあらかた焼けつくしたのであろう。みな残りの鉢巻や腕章や古帳簿を火に投げこんで泣いているので、清吉はまたも自尊心を傷つけられたような気がした。

——いまさら泣き面をさらしくさって——

書記の男に近づいて暦を開いてみせ、いいかというように火に投じる真似をしたが、男は赤い眼を伏せたままあたりを窺い、急いで首を横に振った。清吉にはそれがもったいぶって見えた。拒否に逆らってとっとと火に近づき暦を放り投げた。たちまち人の環が乱れ、おうおうと非難の声があがったと思うと、目をぱちぱちさせている清吉に「なにしやがる！」という叫びと共に横合いから固い筋肉がぶつかってきた。斜めに突きとばされて膝を打った。四つン這いになろうとして、激痛で片膝が萎《な》え地べたをなめる形になった。

目の前に冷えた地面があった。

「ほるもん焼きの火と血迷ったか」「叩っ殺せ」「馬頭きちがい！」火勢が耳に鳴り、熱気が顔を撫でていった。

「どういうつもりなんだ」と耳もとで声がして、だれかが腕を支えたけれど、片膝はいうことをきかず、清吉は腕立ての姿勢のまま、崩れ落ちる前の薪櫓の中に燈明のような小さな火をいくつも見た。まわりの陽炎《かげろう》を透して坑務所の壁の大穴が揺れている。膝を引き寄せたとき、清吉は四つン這いになる自分をどこかで予言されていたような記憶が掠《かす》めたけれど思い出せなかった。

「どういうつもりだったんだ」と同じ声がした。おだやかな声音なので、清吉は張りつめたものがゆるみ「なにがなんだか」といって力をこめて立ちあがった。

西洋の子供らが焼けただれ、天守閣にも火が回って薪櫓からずり落ちるところだった。

書記長が清吉の腕を取っていた。「組合の落城の火なんだぞ、ゴミ焼きの焚火とちがうぐらい分りそうなものだが」実直な目を焰の中に注いでいたが腕を放していった。

「そうか、清ちゃんの財産だったもんな」

仲間に押えられながら清吉をにらみつけてまだいきり立っているのが体当りを食わせた男にちがいなく、清吉はそれに向かって横向きざまに唾をはいた。腰のタオルで手の泥を拭い片脚を引きながら輪を抜け出した。人垣からぶつぶついう声や舌打ちが洩れ、ひとしきり薪櫓の燃えあがる音がした。家に戻る気がしないので清吉は方角を変え、女坂をのぼっていった。

崖上の樹々が梢をのけぞらせているのは、風がすぐ頭上をかなり強く吹いているのであろう。坑夫長屋に続くバス通りに出ると風は音をたてていた。紙屑が舞い、清涼飲料の空缶が糸で引かれるようにころげていく。

道端の空地に積まれた家具の廃品の山ががたがたとぶつかり合い、小物の類が外側から少しずつ吹きとばされて四方に散っている。

粉炭の小山が黒い焔を吹きあげていた。清吉が坑長邸を抜けて馬頭観音に近づくまで首輪をつけた犬が数頭の群れとなって物蔭に走りこんだり思わぬ方角から現れたりした。置きざりにされたのが、おのずと群れを組んでいるのであろう。清吉は犬たちにあとをつけられているような気がした。

観音碑の一帯はモオタアの音に包まれ、碑石は踏み荒らされた枯草の中にむき出しに立っていた。碑石から少し離れたところに急拵えの小屋が建っていて、音はそこから聞こえてくる。

「北条が喋っていたダムはこれだ。わざわざ馬頭の傍で！」清吉は崖裏の川を見おろしてひとりごとをいった。規模は小さく、寄せ集めの仕事に見えたが、すでにダムは大量の動かぬ水を湛《たた》えていた。濁った水面が樹々の影も映さず気忙《きぜわ》しく漣《さざなみ》を立てている。

取水ホースは、モオタア小屋から崖づたいに鎌首を這わせた大蛇《おろち》の姿で間断ない嘶下音を響かせ、首のまわりの水面に小さな渦をこしらえていた。

小屋から接続された四吋《インチ》管は、住宅街や小学校の校庭を貫き、バス通りを跨いで最短距離に組まれた三角の丸太足場の上を走り抜け、この先端が竪穴に達して、この先気の遠くなるような水攻めを始めているのだった。

ふいに横手から斥候兵のようにひとりのヘルメットが現れた。そのポンプ番は清吉には見向きもせず、離れたところでダムを見おろしている。近づいて並んだ。

「この細っこい管でどのくらいかかるかやあ」と叫んだが相手は軍手で耳に壁を作り顔をひんまげるので、喉元に手を水平にあててみせ同じことを叫んだ。すると首をひねりひねり軍手の指を六本かぞえている。

「半としもかかるかやあ」男はヘルメットをがくがくさせて頷いた。「たまげたなあや」と口を近づけた。相手も耳を澄ませてから「たまげた、たまげた」とどなり返した。

なお互いに喚き合いながら、水没の方がガスも炭塵も押えて保坑に都合がよく、いざ再開のときに仕事が楽だなどとやりとりをした。

清吉は話を聞き流して観音碑の前に戻ってきたが、碑は何の表情も見せず、白け切ったままだった。——馬頭きちがいか……。

それから言葉つきまでぞんざいになって「おだぶつまで半としの辛抱だとよ、また来る」といって観音の頭を叩いた。

帰りみち、バス停留所の手前で立ち止まった。風の音にまじって向こうの電信柱がじいじいと妙な音をたてている。見ると電工がひとり命綱で体を支えたままのけぞって、落ちもせずに頭のうしろから青白い火を吹いている。のろまな啄木鳥《きつつき》のように頭を前後に振り、のけぞるたびに火を吹いていたが、まもなく音も火も消え、電工はうなだれて静止した。

強い風に作業衣が煽《あお》られ、電工は風向きをたしかめるためにひとりで堪えているように見えた。仲間らしい男が電柱をのぼっていった。風に吹かれながら長いことかかって縄をかけ、ふたつ折りになった体をそろそろと吊りおろすや否や三人がかりでかつぎあげ、えっさえっさと病院の方角へ消えていく。ぼんやり見ていた。ふたつ折りの宙吊りの形がふいに遠い記憶につながった。輜重兵に取られて輸送船に乗りこむときクレーンに吊られた馬が空中でもがいていた。清吉にとってはじめての船出だった。

あのとき船上から眺めた港の風景は、ごくゆるやかに移動していたが、気がついたときは大きなうねりが信じ難い速さで舷側を洗っていた。

〔1980年「文學界」3月号初出〕

# 伸《のぶ》予《よ》

# 一

台所で海苔巻を作りながら、ときどきどんと胸をつかれる思いがする。

玄関のチャイムが鳴るにはまだ間があるのだけれど、伸予はそのたびに手を止めて居間を走り抜け、ベランダのガラス戸ごしに外を窺った。

雨がこやみなく降っていた。深い秋の景色が三日つづきの雨に打たれて地の底まで濡れそぼり、色あせてしまった。

活気というものがまるでない。

手前の雑木林ごしに、国道をしぶきをあげてゆく車が見えがくれしている。

山と海に挾まれた伸予の家は、国道から海側に折れて雑草の小径を少し下ったところにある。人家はまだ二、三軒しか建っていないから、小径の降り口に人影が立つのは稀である。

あいにくの雨だけれど、今日はまもなくそこに蝙蝠傘がひとつ現れるはずだった。

〈ブリキ屋の善吉〉の蝙蝠傘がほんとに現れるか現れないか、丈高い雑草の径を黒い傘がとんとんと下ってくるかこないか。

来るにきまっている。電話でよくたしかめ合ったのだから来るにきまっているけれども半信半疑である。

伸予は台所に戻って海苔巻を仕上げ、寿司桶に盛りつけ、うすもので覆った。簡単な煮物もこしらえたし果物も用意した。飲みものは来てからの相談である。

時計を見ると午後一時を過ぎていた。

今日は少し派手な和服にして、白足袋もきりりとはいた。短くしている頭の方も、手をかけてゆるめにふくらませた。念入りに、くどくならないように化粧も済ませた。サロン前掛をはずし、くるくると巻いて台所の隅に放り込むと、もうなにもすることがない。

再びベランダに立って、左手の小径の方角に目をやった。背伸びをしてみてもたいして変わりがあるわけではないけれども、白足袋の指に力をこめて爪先立ちになった。

蝙蝠傘はまだ見えない。

ベランダのすぐ前が自力で拓いた小さな菜園である。とり残しのキャベツや大根葉が散ってびしょびしょに濡れている。左手の玄関近くには植木屋に運ばせたばかりでまだ支柱をはずせない松の木が、不安定に立って、さかんに雫を垂らしている。

上目遣いに正面の山を眺めた。いま頂上付近は白く霧がかかっているように見えるけれど、かなりの速さで移動していくのは、あれは雨脚の動きである。高いところでは風が強いのであろう。

背伸びに疲れてすとんと踵を落とした。

そのとき蝙蝠傘が見えた。正真正銘の黒い傘は小径の降り口にさしかかって止まった。傘の下に芥子色《からし》のレインコートが少しだけ見える。まだ止まったままでいるのは、そこに立っている交通安全祈願の地蔵にでも道をたしかめているにちがいない。

伸予はベランダを離れると両の袖口をつまんで、片足でぴょんとひとつとんだ。もう一度のぞいてみた。蝙蝠傘は小径をとんとんと下ってくる。

ずっと頭の中に描いていた情景が、そっくりそのままだった。伸予は居間のソファに腰をおろしかけたがはねあがってそのまま立ち竦《すく》んでいた。

長い時間のような気がした。きんこんというチャイムが心臓に突き刺さるようだった。

伸予は玄関に降り立つと、度の強い近眼鏡のような覗き穴に向かって「善ちゃん」といった。

「武藤です」と答えている。

ノブを回して押しやると風雨のざわめきが一度に高くなった。武藤善吉が笑って立っていた。

その蝙蝠傘が雨粒をはじいて重い音をたてている。

「本当にやってきました」

「いらっしゃいませ」と伸予は切口上でいった。

善吉がドアに肩をぶつけながら雨しぶきと共に入り込み、三和土《たたき》に並び立つと、何やら注文しておいた高価な大型家具でも運び込まれたようだった。広い売場で見るときはさほどでもないものが、家に運び入れると大きい。

手早く濡れたコートや靴をぬがせ、どたどたともつれ合うようにして居間に入り、うしろ手でドアをしめたところではじめて善吉の顔を見上げた。

ひと月前にめぐり合ったときは、自分が涙っぽかったせいで、そうとも感じなかったのだろうが、いまはやはりひとかどの中年男だった。

目が笑っている。

「ほんとに来てくれたのね」と伸予はいった。昔と逆転して自分が小さくなってゆくのを感じた。

恥ずかしいので善吉の背広の襟についている社章らしいバッジに目を止めていた。それから

「なんにもしてくれないの」といった。

すると善吉はいきなり伸予の胴を高々と抱き上げ、何やら奇声を発しながら二、三度ぐるぐると回った。

伸予はふり回されながら善吉の首にしがみついていた。絨緞の上におろされてからもそのまま立っていた。

善吉がどっこいしょといって長椅子に腰をおろしたあとも伸予はまだ立っていて、たったこれだけ、と思った。荒っぽく派手な挨拶は嬉しいにはちがいないけれど、抱き合ったままもう

少しじっとしていて欲しかったという気がする。

はやばやと不満を称える自分の心がよくつかめなかった。でもまあ、これからだからと気をとり直した。

伸予は急におしゃべりになり、茶を入れたりウイスキィの封を切ったりとせかせか動き回りながら、とめどがなくなった。この家を建てたときのことや、孫たちのことや、ひとりで菜園を耕すことや、亡夫のことなどだった。順序立ててしゃべることができない。

夫が死んだのは、この家を建ててまもなくのことだといった。

郵政関係の役所の管理職で仕事第一の夫だったが、ある夜つきあい酒を飲んで、これから帰ると電話までよこしたのはよかったけれど、その帰りかたが普通ではなかった。お酒は強いほうだから酔いつぶれるということの絶対にないひとだったのに、その夜は帰ってはきたものの玄関でうずくまっていた。

どすんと音がしたようだったから、出てみたらどこかにぶつけたか、おでこから少し血を流してうずくまっているので、おとうさんおとうさんと呼んだけれど、ちょっと唸るだけで返事をしない。ただの酒酔いとちがうから重い体を式台までひきずり上げて救急車を頼んだのである。

伸予はこめかみを指でぐりぐりと押して

「動脈瘤《どうみゃくりゅう》っていうものをここに抱え込んでいたんですって、何年もの間知らずによ、それが破れたのよ」

善吉が眉根を寄せて、へええといっている。

「運び込んだ病院で三日三晩、息があったんだけれどそれっきり二度と目をあけなかったのよ、歯を食いしばったまんま、とてもくやしそうに息を引きとったのよ、わたしもいっしょに死んでしまいたかった」

あんまり急なことなものだから、わたしは髪が白くなり、いっぺんに顔の皺もふえてしまったのだといった。

「神もほとけもないというのはあのことだと思ったわ、わたしはなんにもものが食べられないから痩せて幽霊のようになってしまったの、もう三年たってしまったけど痩せた体はもとに戻らなくなったのよ」

台所の蔭から反り身になって居間の善吉にそういった。

「恰幅のいい元気なおとうさんだったのに、むりやりあの世へ引きずられていったようなものよ」

「三年前というと先生は四十六、お気のどくに」

伸予は果物を盆に乗せながら「先生って呼ばないで」といった。

「もうとっくに先生じゃないんだもの、いってあげましょうか善ちゃん、あ、善ちゃんと呼んでいいんでしょ」

「いいさ、ブリキ屋の善吉だもの」

「わたしはね、善ちゃんのお嫁さんになりたかったんだ、これでも」

声もなく善吉が笑っている。

「ほとけさまのことしゃべっているときに不謹慎よね、前はこんなふうじゃなかったのに」

「三年たったら忘れてしまったと」

「忘れるわけないわよ、毎日供養は欠かさないんだから、でも考えが変わるものよ、生きているものはとにかくしっかり生きなくちゃだめなんだって」

長男も長女も結婚してしまった。でも長男は東京の近くで世帯を構えているし、長女も北海道の東のN市にいる。みんなわたしから離れて住んでいる。

いまはこの海辺の家で次男とふたりぐらしである。次男は兄よりもずっと無口でまじめ一方だから扱いにくいようなところもある。いまは隣りのK市の証券会社につとめて、朝早く車で出て、夜遅く帰ってくるのである。

この家を建てるときは、海のそばだからロマンチックかと思ったら、毎日忙しいばかりでそんなことを考える余裕はなかったし、やっと静かになったと思ったら海のそばがかえってさびしいことの方が多い。

「油絵やってますか」と善吉がいう。

「あら、どうして知ってるのよ」

「この前聞いた」

「そんなことまでしゃべったかしら、ぼけちゃったのかなわたし、海苔巻作ったのよ、食べるでしょ」

「いただきますとも」

「おとうさんはね、まじめ一点張り、お酒だってつきあいだけ。わたしが頼んで浮気のひとつもしてちょうだいといったぐらい、でも浮気はしなかったみたい」

茶を入れかえながら、自分で何をいいたいのか見当がつかなくなった。

「謡いもやってるんだって」

「このさいだからなんにでも手を出してるの、まだあるのよ」

「なんだろ」

「いわない、恥ずかしいから、ウイスキィ飲んだら」

「昼間っから」

「いいじゃない、外は雨だし三十年ぶりに乾杯しましょ、わたしはあんまり飲めないけど」

水割りをつくって乾杯のまねごとをした。善吉はよいしょと立ちあがってベランダの方へいき、グラスの氷をからからいわせながら外を眺めている。

「山が目の前じゃないか」

「そうなの、だからおとうさんが海幸彦、山幸彦になったって笑ってたわ」

「なるほど」

善吉のうしろ姿に昔の面影はないけれど、つくづくこの家の中に置いてみると場ちがいな男である。それが嬉しい。

「髪、長くしているのね」

善吉は外を向いたまま長髪の襟首を押えて「はやりの袢纏は着なくちゃあね」といった。

「十年前は若いものの特権だったのにいまじゃあわれわれがこうしてもだれも何ともいわなくなりましたね」

仲予はうしろから忍び寄って
「この着物、どう」といった。善吉がふり返って目をぱちぱちさせた。

「いいですね、いつもそうやってるの」

「今日はとくべつ派手なのを着たんだけど、おかしくない」

善吉はにがわらいして
「着物のことはわからないんだ、でも、そんなに派手にも見えませんがね」

「さっきからここに立ってみてたのよ、あなたいつくるか、いつくるかって、蝶々さんのように」

「……ああそうか、蝶々さんのようにね、でも会えてよかった、生きていればこそだ」

「ねえ、あなたほんとうにそう思う」

「思うさ、忘れたことないんだから、三十年の間、なにかあるたびに思い出していた」

「それ聞いて安心したわ」

「さ、坐りましょうか」

もっとこうして立っていてもいいのにと伸予は思った。

「海、見えた？」といった。

「雨でさっぱりでした、水平線がぼけてしまって、どこからどこまでが海なんだかわかりません、雨のときはいけませんね」

善吉が長椅子に戻りながらいう。さりげなく体をかわされたように感じるのは、欲が深すぎるのだろうか。

伸予は少し荒々しく善吉の横に坐った。

「元気がないみたいね」

「そんなことありません、のんびりできてよろこんでいるのに」

「わたしはのんびりどころではありませんでした。あれからずっと眠れないほどなのよ、ごはんだってあんまり食べられないし、みんなあなたのせいよ」

「そういえば痩せすぎかな」善吉が体をそらせて伸予を見た。

「食べなきゃだめだ」

「食べさせて」と伸予はいった。

「昔とおんなじなんだよねえ」
仲予は善吉のさし出すフォークに自分の手を添え、柿のひと切れを目をとじて口に含んだ。もぐもぐと嚙んで「おいしい」といった。

仲予が女教師でいたとき、新制の中学三年生の中に武藤善吉がいた。戦争が終わった翌々年のことである。

仲予は女学校を出てすぐ郷里の小学校の代用教員になったのだが、その二年めには学制改革で新制中学ができ、それまでの小学校の高等科の子供らが中学へ移った。移ったといっても校舎はそのままで、小学生と中学生がしばらく同居していた。

正規の教員免許状を持つ者は根こそぎ中学へ行ってしまい、小学校の方は、校長や教頭など、二、三をのぞいては仲予のような若い女の代用教員が大半を占めていた。男といえば旧制中学や臨時の教員養成所を出たものや、復員してきた飛行兵などである。男たちはみなどこか理屈っぽくとげとげしていて、どぶろくを飲んでは殴り合いの喧嘩をやったりでおそろしかった。

その夏、小中学校合同の運動会があって、あたらしい中学生らが、小学校の低学年の世話をしたことがある。仲予の組に割りあてられた男の子の中に武藤善吉がいた。「ブリキ屋の善ちゃん」と呼ばれてはにかんでいる少年だった。「ブリキ屋」は余分で、ただの善ちゃんでもよかろうにと仲予は思った。戦時中の物資統制が尾を引いて、そのころはまだ少年の家にはろくな仕事がなかったようだった。

初めはものめずらしさからだったろうか。伸予は、妙に「ブリキ屋の善ちゃん」が気にかかるようになった。そういえば女ばかりの姉妹の一番上で、小さいときから男の子とつきあったり遊んだりしたことがなかったのだし、いつからか許婚者《いいなずけ》がちゃんときまっていて、それはそれとして納得していたようだったけれどやはり縛られている感じをもっていたのだと思う。その相手にはとりたてて異性を感じなかったのに、善吉という年下の異性に出会ってから迷路に踏み込んだようになった。

自分の性格の中に、男っぽいところでもあるのだろうか。教師になってみると女の子よりは男の子のほうにより関心がゆく。男の教師が女の子をかわいがるのはよく見聞きしていたから、多分それは自然のなりゆきなのだろう。

伸予は小学校二年生を受けもっていたけれど、低学年よりは大きい子らを扱ったほうがおもしろいように思った。

校庭ではね回っている男の子の絶叫にはすっとん狂なところがある。

女の子のそれは感情が濃すぎるように思われた。

伸予は、男の子のきびきびして失敗を恐れないところが好きだった。たやすく恥をかいては、すぐ気をとり直す。判断も決断も早いが、しばしばきょとんとする。たとえば廊下をつっ走ってきてぶつかりそうになったのをつかまえる。怒りすぎたかなと機嫌をとろうとすると、べつにしょげてもいなくて、かえって迷惑げにはにかむ。

女の子はそういうとき、待ってましたという顔をする。じくじくと寄りかかってきそうにする。小さい者に心を読まれているようでいやだった。

いまでは考えられないことだけれど、仲予は高等科一年の男の子に平手打ちを食わせたことがあった。仲予の教室に放課後の掃除にやってきた少年のひとりだったが、何か仲予の気に障ることをやったのである。ついきのうまで女学校で薙刀の訓練をやっていたという時勢だから、かっとしてものもいわずに頰を打った。

その少年は打たれた頰をぶるんと振り戻して腑に落ちないという顔をした。仲予が何か喚き散らして解放してやると少年はちょっと目を輝かせ、ついでに首をひねって、脱兎のごとく駆けていった。

たいして痛くもなかったからかも知れないが、殴られたあとうじうじと卑屈に掃除でも始めるかと思ったらそうではなく、仕事を放り出して走っていってしまった。どうしてだか分らない。女の子に手をあげたことはないけれど、女の子だとあんなふうに、手をくだしたほうがあっけにとられるようなことにはならないような気がした。女の子も泣いて走ってゆくかも知れないけど、あのときの少年はしめたとばかり逃げていった。

「ブリキ屋の善吉」は、運動会近くの開放的でざわついた学校の二年生の教室で、仲予をとり囲んだ数人の少年たちの中にいた。作業が終わって雑談でもしていたときかも知れない。

十四、五歳の少年たちに囲まれていると、伸予はつい肩肘を張る恰好になった。農村の少年たちだからみなりはよくないけれども、その体臭や、陽にやけたむき出しの筋肉やらに圧倒されそうだった。変声期を迎えた訥々《とつとつ》とした会話や、どっと笑う声に妙に力がある。若い女教師に対するこずるそうな好奇心がちゃんとその目に表れていて、気を抜くことができない。「ブリキ屋の善吉」はその中のひとりになって伸予を見ていた。色白の、唇の赤い少年だなという印象だった。

伸予が他の者と喋っているとき、善吉がじっと伸予を見ているのが分る。ひょいと目をやるとわずかに視線を落とす。人のうしろから覗いているという形ではないが、剽軽《ひょうきん》にしゃしゃり出てくるのでもない。

ただそこにいて黙って伸予を見ていた。

伸予は、不可解な、もどかしい気分に捉われた。いつのまにか少年のために魅力的に振舞おうとして、声音も身ぶりもぎごちなくなるようだった。

ちょっといまいましい感じなので、少年たちが帰ったあと考えこんでしまった。色白の美少年といえばいえるけれど、そのぐらいのかわいい子供はいくらでもいた。新制中学の陸上部や野球部には早くも男の匂いを漂わせた凛々《りり》しい少年たちもいて、女教師仲間の他愛のない話題にはなっていたのである。

しかし「ブリキ屋の善吉」のあの目の色は何だろうと、そこが分らない。悪びれるのでもなく、疑いでも好奇の色でもなければ、おどろいているというのでもない。

強いていえば、初めて動く昆虫でも見た幼児の目に似ているけれど、そうかといって大きく見開かれるわけではない。本当に見ているものはべつのものという感じで捉えどころがない。へんに沈んで見えるのも気になるところである。仲予は何度も少年の顔を思い描いてあきることがなかった。あれは自分自身を忘れている目だけど、こっちが見返すと正気に還って、軽い瞬きと共にほんの一ミリほどの落差で視線をそらす。ところがそうやって視線をそらされると、急につめたい仕打ちを受けたような心地がする。

こっちを見てよ、わたしを見なさい！

なぜだかそういう気分にさせられてしまうのだった。運動会にかこつけて仲予はちょっとした口実を作っては善吉とその仲間を呼びつけた。仲間はつけ足しである。

善吉はあいかわらずだった。はじめて善吉が笑ったときは、仲予は胸がしめつけられるようだった。仲間の悪ふざけにいの一番に吹き出したのだが、突然はじけたように笑い出し、しまいには体をよじって喉の奥をひいひい鳴らしたのだった。それまでの沈んだ表情が嘘のようだった。

仲予はびっくりして善吉から目を放すことができなかった。

何が、どこがどんなふうに可笑《おか》しくて、そんな笑いかたをするのよ！

善吉につられて自分もくすくす笑いながら胸の底を甘美なものが流れてゆく。伸予は心を乱されながらも、善吉をみつめる目がどこまでもやさしくなってゆくのが自分でも分るのだ。

運動会が終わり、夏休みが近づく頃に伸予は自分の気持を同僚のM子に打ち明けた。そのときはもう少年に対する感情がのっぴきならなくなっていることを認めないわけにゆかなかった。伸予がそれまで漠然と抱いていた、きびきびした動作とかすばしこい決断とかのかずかずの男の子の美点を、善吉はどれもはっきりした形で持っていなかった。伸予はわれとわが目で新しい少年の像を発見したのだと思った。

伸予は善吉とふたりきりで会いたいと強く望んで、とうとう放課後の自分の教室に招き入れたときのことを忘れることがない。

伸予は手に入ったアメリカ製のチョコレートを善吉に渡したのだった。暮れなずむ教室の窓から緑の明りがさし込んでいた。善吉はチョコレートを手にしたまま憂わしげに小首をかしげていた。中学三年にもなって、自分が呼ばれた意味が分らないのだろうかと、伸予はそれ以上は手も足も出ないのでひどくつらい思いをした。

家に帰ると父親の部屋には当時まだ不自由だった煙草が、なぜかいつも豊富にあった。煙草を盗み出して普通の恋人同士のように、相手に渡すことができるのならどんなにいいだろうと思った。

善吉が校庭で同級の女の子らと手をつないでスクエアダンスの練習をやっているのを見たり

すると、嫉妬を押えることができない。五歳の年齢の差を伸予は本気で恨んだのだった。

日曜日や祝祭日など学校の休みの日はただぼんやりとしていたし、夏冬二回の長い休みには、同僚の日直を買って出て、さまざまに計略をめぐらせては善吉を呼びだした。会う場所の多くは自分の教室だったが、体育用具の倉庫や、石炭庫だったりもした。学校裏の神社の林の中や、その手前にある沼のほとりや、人目につかない空地だったりした。まわりの目もあることだからと、同僚のM子にどれだけ忠告されたか分らない。のちのちになってからも、この時期の思い出はものがなしいことばかりだったような気がする。よろこばしいことはすべて自分の想像や空想のうちにあったのではなかっただろうかとも思う。

翌年の春、善吉は中学を卒業して、遠く離れたK市の新制の高等学校へいってしまった。

初夏の運動会から別れる春三月まで、伸予は善吉のことで頭がいっぱいだった。同年代の同僚教師や、町の青年たちをみると、あの年恰好に善吉がなっていてくれたらと考える始末だったから、さすがに自分がひととちがったことで病んでいるという自覚はかくしようがなかった。だいいち、善吉を世の異性と同じように見てよいものかどうかすら判断がつかない。当り前のことが当り前でない。そういうところにひきずり込まれた自分を本気で苦にしていた。

たった一度だけ善吉のために口紅を塗ったことを覚えている。秋の学芸会の夜である。まだたいして娯楽のない時分だったから、小中学校の学芸会には親たちが弁当もちで見物にきた。伸予は舞台に出入りする児童生徒らでこみ合う裸電球の廊下を、善吉を求めてさまよい歩いた。

少年のために装った自分のあわれさがつよく胸にこたえていたせいだろうか、その夜首尾よく善吉に会えたものだったかどうか、そこがぼんやりしているのだった。

善吉の姿が消えたあとの学校生活はただの給料取りに戻ったようで何のよろこびもない。新学期に入ってすぐ、結婚を理由に善吉を追うようにして退職してしまった。

その秋に結婚して桂伸予から服部伸予になった。

夫となった幼な馴染みの男との最初のしきたりに従ったときは、少年のまぼろしが絡みついてむなしい思いをした。

「わたしたちって、なんだったのでしょう」と伸予がいった。風が強くなってベランダから見る雑木林の梢が大きくかしいでいる。雨が降りつのっていた。

「いま、武藤さんと呼べますか」と善吉がいう。

「呼べないわね、まず無理」

「それで説明がつくんですよ、昔のままに善ちゃんと先生でいいんだ、あれはきらきらしたものでしたからね、きらきらのままでそっとしておかないと」

伸予は溜息をついた。

「どうしてもわたしを先生と呼ぶつもりなのね」

「ほかに呼びようがない」

「仲予って呼べない？」

善吉が当惑げに笑った。

「恐れ多くてとても、それにですよ、ぼくはまたあの時分の先生のことを、女学校出たての苦労知らずのお嬢さんの気まぐれかと思っていた」

「あのころすでに、そう思っていた？」

「まさか、ずっとあとになってからです」

「じゃ、そう思いはじめてから、ずっとそう思ってるわけ」

善吉が咳ばらいをした。坐り直して水割りをひと口飲み
「そう思ってますよ、いまでも」

「ぜんぜんちがうの、いまは自信をもっていえるけど、あれはやっぱり恋ごころだった」

善吉が居間続きの仏間を指さした。

「聞いてるよ」

「しかたがありません、昔のことといってるんだから」

「そう、昔のことなんだから、仲予と呼べだなんて無茶をいわないでくださいな」

「わかった、もういじめない」

善吉が顎を撫でている。仲予は力をなくしていった。

「なんにも食べないのね、おなかすかせてくるって約束だったのに」

「胸がいっぱいだから」

善吉が海苔巻をひとつつまんで口に放り込むのを見て仲予は立ちあがった。

仏間と反対側の四畳半に入って、手文庫の中から二枚の写真をとり出した。少し黄色ぽくなっているが、一枚は仲予の教師時代のもの、他の一枚が善吉の中学生姿である。

あらかじめアルバムからはがしておいた。

居間の善吉にいざ見せようとして、にわかに気遅れを覚えた。自分の写真は、若々しくふっくらとしていてひそかに自慢のものである。いまの自分と比べられそうで、見せないほうがいいかなと思った。

「どうしました」と善吉が呼んでいる。

仲予は写真をうしろ手にかくして善吉の前に立った。

「見たいか、見たくないか」

善吉が笑って「見たい」といった。

仲予が写真をつき出すと善吉は
「おっ」と声を出して手にとり、眉根を寄せている。

「老眼?」と仲予がいった。

「そうです、もう四十四ですもの、そろそろきついですわ」

「わたしなんかなんにも見えない、めがねなしじゃ」

「しかしこれ、ほんと、なつかしいものをまた、よくとってありましたなあ」

ぶつぶついいながら写真に見入る善吉を伸予は横に坐って窺っている。

人にはさわらせないほどに後生大事にしている古い小さな写真を、善吉はメモでも見るように無造作に指先で抓《つま》んでいる。両手でおし戴いて、ありがたく拝みなさいといいたいところだけれど、その善吉を見ていると歳月というものが頼りなくゆらめいてきて、並んで坐っているふたりの間で、それがふくらんだりちぢんだりするようだった。

「この写真を撮ったときに動いていた同じ心臓がですよ、いまここでもまだ動いてるってわけだ」

善吉が胸を押えていった。

「まだっていうのはおかしいけど、そういえばそうね」

伸予も胸を押えて「たしかに動いている」といった。

いま、自分の中でふくらんだりちぢんだりしていた歳月というものを、このひとはこういうふうにいうのだな、ちょっと気障《きざ》っぽいけど、そういうふうに考えていたのだなと伸予は善吉をつくづくと見ている。

互いの配偶者を得る前のことだから、ふたりにはふたりだけの、権利というのもおかしいけれど、そういうちょっと人に憚ることのないものがあってもいいという気がしてきた。伸予は涙ぐみそうになってきた。

「心臓が動いているうちは、何度でも会えるわね」といった。

善吉が写真をおいて「大事にしなくちゃあな」といった。

写真のことだろうか、それともふたりの仲のことだろうかと迷った。

「ね、何度でも会えるんでしょ」

「会えるさ、その気になればいつだって」

「よかった、あなたがわたしの手の届くところに戻ってきたなんてまだ信じられないくらい。でもあなたに迷惑をかける気はないわよ、つかず離れずにゆくわ、しっかりしなくちゃ」

善吉が指先で瞼を揉んでいる。

泣いているのかと思った。

「どうしたの」というと、顔をあげて
「部屋が暖いものだから急に酔ったみたいだ」という。目があかくなっている。

「少し横になったら、わたしはいつも、ここで、こうして」と仲予は善吉のうしろにクッションを重ねた。

「ひとりで寝ているの、いろんなことを考えながら」

「昔のこと、みんな覚えていますか」

善吉が背伸びをしていった。仲予はクッションをひとつぽんと叩いて
「それがふしぎなのよ」と正直にいった。

「ほとんどなんにも覚えてないの、善ちゃんと会ってなにを話したのか、なにを考えていたかぐらいは分るけど」

「つめたいんだねえ」

「そうじゃないの、きれぎれに残ってはいるんだけどあと先の関係が分らないで、ただこう全体にふわあっとまるくなって、綿菓子みたいになっちゃってる」

「繭籠りしちゃったというわけですかな」

「繭……」

「蠶《かいこ》が繭の中にとじこもってしまうようにさ、ぼくは繭玉を見たことがないけれど」

仲予はうなずいて
「そうかもしれない」といった。

「遠慮なく横にさせてもらおうかな」

善吉が煙草をもみつぶし、どすんと横になりながらいった。

「女学校出たばかりの、匂うばかりの女の接吻の味、忘れませんよ」

仲予は反射的に立ちあがって「いやあ」と声を出した。

「うそ、そんなことあった？」

「あれだ、だから気まぐれだったというの」

仲予は胸がどきどきした。頭の中ではともかく、自分から求めるすべなど知るはずのなかった接吻というものを、まさかあのころの自分が、とにわかには信じ難い。しかし顔があかくなった。

「いつ、どこで」といった。

「ぼくも忘れました、みんな忘れましたよ」

仰向けになった善吉がものうげにそういうので、気をわるくしたのかと心配になった。しかし接吻の記憶はまるでない。立ったまま善吉を見おろしていた。長々と伸びた善吉の足もとに坐り直して、なお顔を見ていた。

「ぐちゅと、ももいろの唇だったっけ」

善吉がひとつ大欠伸《おおあくび》をした。いかにもたいしたことではないが、といういいかたなので、伸予はがっかりした。本当だとしたらたいしたことなのだから、やむにやまれず少年の顔を引き寄せてそういうことをやった自分を、もう少し善吉の口で語らせたいと思った。

恨み顔で見ていたが、その口が一向に開きそうもないので伸予は四畳半に立っていき、毛布を抱えてきて善吉の体を覆った。再び足もとに坐って「眠ってよ」といった。

ありがとうと答えたようだった。善吉がおとなしくなった。固く目をつぶっているけれど狸寝入りのようにも見える。しかたなくじっとしていると、外の嵐の合間に本ものらしい寝息が伝わってくるようになった。急につき放されたようだった。寝顔をあかず眺めていた。あの美少年の面影は頬の剃り跡や、少し先の丸い鼻や厚い唇など、随所に残っているけれど濃い眉の下の落ち込んだ眼窠《がんか》は昔のものではない。夫にもなかったどことなく憂わしい疲労のようなものが刻みこまれて見える。自信ありそうに眠っちゃって！　と仲予は寝顔に向かってつぶやいた。

仲予は、ほとんど減っていない巻寿司をつまんで、まずそうに食べ、音をたてないように茶を飲んだ。

善吉のために封を切ったウイスキィは、ものの二、三センチも減ったかどうかである。飲むことにも食べることにも、あんまり執着がなくてものたらない。無遠慮にどっしりと構えているのは、それは妻子もあり、中堅会社の課長代理職であり、あれから三十年の年輪を刻みつけた男の貫禄というものがおのずと出ているのだろうけど、そんなことは自分にはどうでもいいことだ。

話をしながら、ときどきふっと放心したようになって、幼な顔がのぞく。その善吉が好きだ。好きだけれど、話をしながらべつなことを考えているようなのは、昔はともかく、いまはおもしろくない。はやばやと寝入ってしまったこの姿だけが、いちばん心がこもっているようで味気ないのだ。

仲予は気をとり直して、寝しなにいった善吉の繭籠りの話を思い出してみた。いわれてみるとなるほど一個の繭玉が見える思いがする。

中に籠っているのはもちろん一匹の蠶ではなく二匹である。日に透かしたように中がぼうと光っている。中でははたちの女と十五歳の少年が、まるで双生の胎児のようにぶきっちょに抱き合っている。

そのふたりの体内でことこと鳴っている鼓動や、血管の中の小さなせせらぎが、いま現にこうしているふたりの生身の肉体と連動しているのである。

このひとはうまいことをいってくれたものだ。そのひとことで、わたしはいきいきした美しい過去の手ざわりをとり戻したようなのだから……。

繭玉はふたりで紡ぎ合ったのである。泣いたり笑ったり、ふくれたり沈み込んだり、ときには髪をなびかせて走ったり追いかけたり、おさない告白や不器用な接吻などをしながら紡ぎ合った繭玉。このひともまた、それを温めつづけてきたのにちがいない。それでなければ、これほどにやわらかくぴったりした言葉でいいあてられるはずがない。

伸予は「接吻」をいつ、どこでどうやってやったものだか、それひとつだけでも思い出したいと思った。教室の隅でだったか、神社の森の中ででもあったか……。

われながら歯痒い思いがする。

伸予は目に見えない繭玉を人さし指と親指の間に挟んだつもりで、その手をベランダの方にかざした。

袖がまくれて二の腕があらわになるのも構わずそうしていた。指の向こうが吹き降りになっている。そのまま目をつぶってもう一度繭玉の中をのぞき込んだ。ふいに顔に血がのぼるようだった。善吉のいう接吻はひょっとすると、あの学芸会の夜のことではなかっただろうか。はじめて善吉のために口紅を塗ったあの夜かも知れない。きっとそうにちがいないと思った。でも正面から唇を吸い合ったというものではなかっただろう。もしそうでなかったらそんなたいしたことを忘れるはずがない……。伸予は甘いのびやかな心持になり、自然と口もとがほころんできた。

善吉が目をあけて、その伸予を見ていた。

「ああ、びっくりした」と伸予はうろたえていった。

「繭玉を見ていたのよ」

「繭玉?」と善吉がおびえた目つきになっている。毛布の下から腕をひき抜いて腕時計を見た。

「そろそろおいとましなくては」

起きあがろうとしてもがいている。伸予は邪魔なテーブルを押しやり、膝を進めて善吉を押し倒した。善吉の胸を覆う毛布に顔を埋めて「待って」といった。

その恰好で手を泳がせ善吉の腕を探りあてると自分のうなじに誘った。

「こっちも」といってもう一方をも添えさせた。

「そうやっていて」といった。両腕をとられたまま善吉も黙っている。

伸予も昔もせいぜいこんなふうだったのだろうなと考えていた。

まさかと思っていた善吉の鼓動が聞こえてきた。おどろいて毛布の闇の中で目を見張っていると、腕時計の音だった。すぐ耳もとで鳴っている。

これでもいい、と思った。善吉の腕の重みをたしかめてじっとしていた。

善吉に手をとられて立ちあがったあと、伸予はなにもする気がなくなり、善吉が背広を着、ネクタイを締め直すのを黙って見ていた。

「まだ三時過ぎたばっかしよ」

善吉はちょっと薄笑いをして
「何ごとも最初が肝腎だから」といった。まるで眠りにきたみたいだと伸予は不満である。皮肉をこめて
「奥さんによろしくね」といった。

雨はいっとき小降りになっていた。風だけがあいかわらずである。

玄関口で伸予は「送らないから」といった。

それでもいいかという意味をこめたのだが、善吉は風に逆らって蝙蝠傘をひろげながら大声で、「どうぞ、どうぞ、この雨じゃいくらなんでも」といった。

よたよたしながら小径をのぼってゆく善吉を雑木林が覆いかくそうとするとき、伸予は、はじかれたように居間へとって返し、雨コートを羽織った。

足を顧みる余裕がないので、そのままゴム長靴に足をつっこみ傘をひろげて玄関をとび出した。

「善ちゃん待ってえ」と叫びながら走った。

小径をかけ登ると、大型トラックが水しぶきをあげて追いぬいていった。片手で着物の裾を押えながら、身を揉むようにして走った。

善吉がバス停の手前で立ち止まっていた。

仲予はそれに向かって
「泊まっていったらあ」と叫んだ。善吉が傘の下で耳に手をあてている。夢中で走って、どんとぶつかるほどに追いついてから
「泊まっていってよぉ」と息を切らしていった。ふたりで道のはしによろけて、車を避けた。

風に遮られて仲予はきんきん声でまた叫んだ。

「おねがいだから、泊まっていって！」

「だめだ」と善吉がいった。「無茶だ」

おそろしい目だった。

「なんてことするんです、着物がびしょびしょだ」

バスが見えた。仲予は近づいてくるバスを睨みつけ、急にふり向いて玄関の鍵を突き出した。

「持っていって、いつだっていいんだから、わたしがいなくても勝手に入っていいのよ」

「わかった」と善吉はすばやく受けとって、バスに乗り込んでいった。

雨と風の中でバスも人も大急ぎだったのに、バスが遠くなってゆくと、仲予だけが大急ぎで

なくなり、ふてくされたように歩き出した。

海はかすんでしまい、山は梢を吹き乱されて全体が揺り動いて見えた。

二

夫が死んで、しばらくの間、伸予は海ばかり眺めていた。海が急に身近に感じられるようだった。

海の絵を描いてみたいと思って、通信教育に手を出した。しかしやはり衝動的な性格がそうさせたのであって、すぐに負担になってきた。み月もたたないで金を払っただけでやめてしまった。

それから謡曲である。ちゃかちゃかしているんだから、腰を据えてなにかひとつやり通さなくてはだめだと、二十四歳の次男が気むずかしい顔をしていった。日曜日の朝の食事のあとで、新聞をひろげ、爪楊枝をくわえながらそういったのである。

まるで夫が生き返って叱言《こごと》をいっているようだった。謡曲を選んだのは、夫の手垢のついた謡本《うたいぼん》十数冊を処分しようとして気が変わったのである。

地元新聞の文化教室の広告を見て思いきって出かけていった。隣りのK市まで、バスで四十分かけ、週一回まじめに通った。途中で何度かやめようと思ったけれど、息子の手前もあっていやいやながら続けているうちに、一年もすると味わいが分りかけてきた。

謡曲の稽古に出かける日は、六畳の仏間で装いを整え、いってくるわねと夫の写真に手を合わせ、帰ってくるとただいまと声をかける。新学期の子供のようでひとり芝居がたのしかった。

しかし半とし、一年とたつうちには、それもだんだん形ばかりに思われてきて、つまらなくなるのだった。はじめのうちは、ああ、いっておいでとか、お帰りとかいう声が聞こえていた。むろん伸予自身が心の中でそうつぶやいているためだったが、その声がいつか間遠になってきて、しまいには何も返ってこない。出かけるときの心の張りに比べて、まだ日の高いうちに帰ってきて帯を解いてしまうとひどく頼りない思いがする。

脱いだものの中に無気力に坐り込んでぼんやりと夫のことを考えている。幼な馴染みの許婚者という仲で、その関係に強く縛られたのは夫の方だったようにも思うのだ。何ひとつ疑いをもたずに生まれる前から決められたことのように伸予と結婚をして、決められた通りに子供を産ませて過不足のない家産を残していってくれた。

あの時分許婚者という絆をなかば隠れ蓑《みの》にしたような自分は、悪い女だったのだろうか。夫はとにかく誠実なひとだったと思う。仕事を愛するように家族を愛したし、その家族に対して意地を通すということがなかった。意地を通したのは死ぬときだけだったと伸予は考えている。五十一歳の死はいかにも早い。まだ小さかった子供を抱えて夫の転勤について歩いて二度土地を代え、三度めに永住の地を定めたとたんこの始末である。いま思うと夫は、実直に家族を連れ歩いているうちに疲労をためこんでしまって、さあここだよと最後の砦に送り込んだところで力尽きたようにも思われ、残されたものはそこがつらい。最後まで歯を食いしばって死んでいった夫だが、三年前のあの夜は何か大事なひとことを妻に伝えたいために半死半生で家まで辿りついたのではなかったかという気がしてならない。夫は何をいいたかったのだろうか。

ともかく今のこの静かさにはとりつく島もない。

すすめる人があって、呉服類や貴金属の委託販売を引き受けるようになったのはつい半としほど前からである。

仕事があるときだけ電話の連絡を受けてK市にある会社へ出かけてゆく。織元直送の展示即売会が季節の折々にデパートやホテルで開かれるので、そこで反物に囲まれ、緋毛氈の上を立ったり坐ったりして客あしらいに忙しいめに会っているうちに、持ち前の負けん気と陽気さがうけて重宝されるようになった。

少なからぬ歩合も入ってくる。

そんなとき展示会の会場で、同僚のT子と無駄話をし、趣味の彫金というものをやらないかと誘われた。

じぶんは謡曲を習っているので、これ以上体が回るかどうか分らないけれども、彫金て何ですかというと、要するに金属の材料に熱と力を加えてとんとんと工芸品を作ることだとT子はいった。

鍛冶屋さんみたいじゃない。そうよ鍛冶屋さんよ、金槌やタガネも使うしもちろん火も使う、それで自分の好みのアクセサリーを作る。七宝の指輪やペンダントなんかは作っていてたのしいし、少し上手になると売り物になる。

仲予は火を使っての手づくりというものに興味をそそられて、やってみようかという気になった。自分はいままで、なんにも作り出すということがなかったと思った。

連れていってくれる、といった。

いいわよ、どのみちお互いメリーウィドウなんだから。英語忘れてしまいましたと仲予はいった。

陽気な後家さんのことらしいわよ、でもわたしは陰気なほうだし、メリーは服部さんあなたのほうだわね。

他愛のないこんな話がすぐ社内にひろまった。仲予にはメリーさんというあだながついた。人にかわいがられることでもあり、若返ったようでもあり、悪い気がしなかった。

彫金教室はあるデパートの「友の会」というところで、これも週一回開かれている。二十人ほどの受講者が、髪を赤く染めた女の講師について黙々とタガネを打っていた。ほとんどが若い女ばかりだった。

仲予を誘ったT子の気持が分ったようだった。しかし仲予よりはずっと年長と見られる男が三人ほどまじっている。

無骨な手で、お互いあまり親しくもなさそうに離れて仕事をしていて、手に余ると講師が回ってくるのをおとなしく待っていたりした。

T子がそのうちのひとりと親しく口をきいていた。誘われた理由はもうひとつ、こんなところにもあるのだろうかと伸予は思った。

その男はネクタイピンを作っているのだとT子はいった。

コツをつかむまで早いひとは半とし、ふつう一年か二年も続けると、まず人並みの仕事ができるようになるという。

伸予はとりあえず金槌だの木槌だの、かなとこ、やっとこ、ピンセット、パンチ、金切り鋸などの工具セットを斡旋してもらった。

二、三度通ううちに、家でじっとしているのがもったいなくなり、思い立って家中を見回すと、次男と二人だけの台所の食堂部分が広すぎる。隅を整理して古い食用テーブルを据えて仕事台にすると、こうなった上は続けなければ損だという気になった。

金属材料を熱して細工しやすくするためのガスバーナーも自前で誂《あつら》えた。小型のプロパンガスのボンベも、近くの燃料店から運ばせた。

ピクニック用ですかと、運んできた店員がいった。そうだと伸予は答えた。いよいよやる気になった。

通信教育の油絵のように、ひとりで何かをやり通すにはよほどの覚悟がいるのである。とりわけこのとしになったら、何より仲間というものが必要なのだった。

委託販売の方は、戸別訪問がにがてなので、電話を活用して客を作っていった。会社へ寄ると、メリーさんの作ったブローチや指輪がショーケースに並ぶのがたのしみだなどとからかわれる。

T子に追いつくのをたのしみに休まずに彫金に通った。

夫とのくらしの中では想像してもみなかった世界がひらけてきた。あいかわらず出かけるときには仏間で支度をしながら仏に話しかけるけれども、死んだひとよりは生きている人間のほうがいきいきしているという当り前のことがいまさら思い知らされる。

夫にいろいろと報告はするけれども、告げ口は減った。人前できまりのわるい思いをしたり、くやしい目に会ったりしても、家に帰りつくまでに自分の胸にのみ込んでしまった。

仏にいってみてもしかたがないのだった。夫に責められるようなことは何もしていないし、責められるといっても、せいぜい早とちりやお節介がすぎて恥をかくぐらいのものだが、それで叱責が返ってくるわけではない。

ただじっと見られているだけだろう。ときどき自分の変わりようにおどろくこともあり、わたしはメリーさんになりましたと端座して夫の遺影と向き合ってみるが、夫は生まじめにこっちを見返しているだけで何もいわない。けっきょくのところ、仏への義理立ては形ではないのだからと自分にいい聞かせ、仕事の連絡が来ると何はさておいてもバスに乗って出かけていった。

世話好き、社交好きとは自分では思っていないのだけれど、いつのまにか見合いの仲介なども頼まれるようになった。断るということができない。そしてそれを億劫《おっくう》とは感じない。だんだん身辺が忙しくなってくると、そういつまでもべたべたと仏に構いつけてばかりもいられなくなった。

おとうさんは何もいわないでいいから、メリーさんにまかせてのんびりとそこにいてくださいな。わたしはしゃきっとしているのだし、何かあったとしてもおとうさんはわたしというものをいちばんよく知っている。だいいち仏さまにかなうわけがないんだから。

鏡に向かってせわしく顔を叩きながらそんなひとりごとをいった。

九月の展示会のとき、思いがけず教師時代の同僚M子がひょっこりと顔を見せた。近況通知代りにと軽く考えて案内状を出しておいたら、百粁《キロ》も離れた酪農のまちから汽車に乗って本当にやってきた。

仕事の合間に地下のレストランに誘い、食事をとりながら久しぶりのおしゃべりをたのしんでいると、ふいにM子がいった。

「例のほら、あなたのマスコットの善吉、彼このK市に住んでいるんだって」

「善吉って、……あの武藤……」と伸予は口をあけてM子を見ていた。

「武藤っていったっけ、わたしは善吉、善ちゃんとしか覚えてないけど、あれきり会ってないの」

「会うも何もないわよ、三十年もゆくえ知れずなんだから」

「そうなの、いるんですってよこのK市に、しっかりしなさいよ」

M子がいうには、ついこの間M子がその住むまちの公民館へ結婚式に呼ばれてゆくと、前に坐った男が何となしM子をちらちらと見る。宴がにぎやかになったころ、男が腰を低くして寄ってきて、ひょっとして××先生ではないかといった。

旧姓まで出されてびっくりしてそうだと答えると、あの時分に新制中学へいったSというものだと名乗った。こっちは名前も顔もぜんぜん覚えがないけれど、なつかしいからあれこれ話しているうちに武藤善吉の名が出た。

Sは善吉の小さいころからの遊び友だちだったという。あれから善吉とは別に農業関係の学校を出てずっと林務畑を歩いて、この春の異動でこの町の営林署に来たのだという。

「あなたのことがぴんときたから、スパイのようにちゃんとつとめ先の電話番号を聞き出してきたわよ」M子はそういってハンドバッグから赤皮の小さな手帳をとり出した。

夢を見ているような話なので、伸予はなかばあっけにとられ

「Mちゃんまるで、キューピッドみたいだ」と小さな声でいった。

「悪魔の使いかもわかんないわよ」聞きつけてM子が笑った。

展示会場に戻ると、無理をしなくてもいいというのにM子は自分にはみな高価で手が出ないなどといいながら、半襟や帯揚げの小物を求め、めったに来られないからあちこち買物をして早い汽車で帰るといって帰っていった。

ビルの入口まで送って出たが、伸予の目にはM子がまるでまばゆい光にくるまれて、ふわふわと消えていったように見えた。

しばらくそのまま立ちつくしていた。本当ならたいへんなことなんだけど、と考えていた。遙かな昔に失ったものを、だしぬけに目の前につき出されて、これがほんとに自分のものだったかどうかと尻込みをする、一度は疑ってかからずにはいられない、そんな心持である。

それも品物じゃない、何しろ相手は生きもの、生きものどころか短い間だったとはいえ娘盛りの自分を夢中にさせ、さんざんかなしませてくれた忘れようにも忘れられない少年である。

いま急に会うには荷が重すぎるような気がした。しかし会場へ戻って客待ちのわずかな間、心をしずめて絨緞の上に坐っているうちにだんだんじっとしていられなくなった。すっと立っていって会場の前の廊下の赤電話から、いま聞いたばかりの番号を呼び出した。ありったけの十円玉を片手に握っていた。

交換らしいのが出て、武藤さん、といったまま少し間があった。ひそひそいうのが聞こえてくる。伸予はそこではじめて心臓がどきどきしてきた。

再び声がして、ここへかけ直してほしいといって別な電話番号をいった。伸予は何度もたしかめながら彫り込むように手帳に書きとめた。

あらたに電話を回すと今度は男の声だった。

武藤さんは今日はよそへ回っている、こちらからかけるように連絡するからというので伸予は展示会場のビルの電話をつげ、念のためにと海辺の自宅の番号もつけ加えた。

名前は桂伸予と申しますと旧姓でいった。

なお安心できないので、非常に急いでいる上に、ビルの電話は今週いっぱいで終わりですからといった。

その日はとうとう電話は来ず、しかたなく指折り数えて二日、三日と待っていた。善吉からの電話は展示会があと一日で終わるという金曜日に会場の方へかかってきた。

近くの赤電話からだという。

伸予は顔を蒼白にして

「ほんとに善ちゃんでしょ」と何度もいった。

「ブリキ屋の善吉ですよ、あなたが桂先生とはまた、たいへんな奇遇です」

よく通る声だった。

「すぐお会いしたいけど、わたしは抜けられません、来ていただけますか」と伸予がいった。

「すぐいきます」と善吉が答えて赤電話が切れた。

会場では母娘の客が伸予を待っていた。大学生らしい娘に来年の正月に扇開きをさせるのですと母親がいう。相槌を打ちながら伸予はうわの空になっていった。

善吉がどんなふうに変わっているか見当もつかないけれど、とにかくもう電話で呼んでしまったのである。おちつけおちつけと自分にいいながら入口を窺っていた。

母娘は綸子《りんず》の臙脂《えんじ》系の中振袖に目をとめて小声を交している。牛車に懸崖の桜を配した友禅である。もう一枚、伸予が示した鼓に下がり藤の柄と見比べて思案している。

母親は娘の肩から反物を袈裟掛けにした。華やかなしだれ桜が大柄な娘にわるくないと伸予は思った。横目で入口を見ると若い男の社員が書類を抱えて出てゆくところだった。

伸予は帯を一本選り出して娘に添えてみた。紫地に金糸で末広の刺繡がしてある。

その恰好で入口に目をやったとき、そこに男が立っていた。伸予は立ち竦んだようになった。

〈来た！〉と思った。

地味な背広の、中肉中背の男がまじまじとこっちを見ている。伸予には一瞬周囲が音を消したように思われた。男が背を向けて廊下に出るのを見届けてから母親に、ちょっと失礼と声をかけた。客や反物の間をすり足で抜けて、草履をつっかけるときにはじめて覚悟はできたという気になった。廊下へ一歩踏み出してみた。壁際のソファに深く腰をおろして顎を支えている中年の男、全身がいかにも場ちがいな雰囲気を漂わせているためにもう紛《まご》うはずもないその男が、上目遣いに伸予を見返した。

その目の鋭さで伸予の足が止まった。伸予はちょっと身を引いてから、手繰り寄せられるように近づいていった。

「善…ちゃん？」とこわごわいった。舌がもつれるようだった。

立ちあがった善吉の表情が崩れて白い歯が見えた。

「善吉です」と笑ったときには強すぎる目の光が失せていた。伸予はまわりに人がいなければ奇声をあげてとびつきたいところだった。実際、M子から善吉の消息を聞いた瞬間にそういう想像がひらめいたのだった。

心のうちとは逆に、伸予は善吉に向かってふかぶかと頭をさげた。

「しばらくでございました」

「どうも」善吉が小声でいった。

「ほんとうにもう。何だか」とあとはぶつぶついっている。

「ごぶさたいたしまして」

伸予はそういって、もう一度お辞儀をした。「りっぱにおなりになって」ともいった。ネクタイに目をあててこのひとが武藤善吉なんだ、と胸のうちでつぶやいた。

それから互いに場をとりつくろうように名刺を交換した。伸予には老眼のせいばかりでなく、名刺の文字がぼうとかすんできて何も見えなかった。

名刺を胸にあてて、はじめて善吉の顔を覗き込んだ。

「とうとう会えましたのね」

善吉はまわりを気にしているようだった。

「はあ」と答えて照れ笑いをした。

〈この顔だ!〉と伸予は目がさめたようになった。急に会場入口で人声が高くなったのは、一群の客の帰り支度らしかった。伸予はわれに返り、早口になって、すぐゆくから下のレストランで待っていてほしい、とりあえずこれで何か取っていてくださいと、招待客用の食券を渡し、エレベーターまで送って会場に戻った。こんなにもうまくことが運んでいいものだろうかと思った。

母娘は振袖は牛車と桜のものにきめ、帯の吟味にかかっていたが、娘の方は伸予のすすめた品を気に入ったようだった。

長襦袢は自分の手で縫ってやりたいからという母親に、それはまあそちらのほうがずっと心がこもってよろしいですわと伸予は精いっぱいの愛想をいった。

三十万ほどの商談がまとまったが、伸予はこの先、この母娘のことを忘れることがないのではないかと思った。

食券や車代を渡して母娘を送り出すと、伸予は同僚に耳打ちしてあとを頼み、混雑するエレベーターを待ちきれずに、三階から地下までの階段を裾を乱して駆け降りた。

レストランは展示会帰りの招待客でどの席もふさがっていたが、目で探すと善吉は隅のテーブルでコーヒーを飲みながら待っていた。

向き合ったとたんに伸予は体中の力が一度に抜ける思いがした。

「とうとう会えたのよね」と善吉をあかず眺めた。

「こういうのをめぐり合いというのでしょうね」と善吉がいう。

何から話してよいか見当もつかないが、思いつくままにいまの境遇などを紹介し合って、食事などそっちのけになった。

善吉は、会社の方で新規の仕事をはじめてそっちへ回されたからとても忙しい、家族をかまいつけているひまもないほどだといった。

子供は女の子ふたりで、高校生と中学生である。

名刺には課長代理などとあるけれど、新規の仕事の方では小使い同様で一向にひまがとれないという。

伸予はうんうんと聞いてから
「わたしはね、あなたがほんとに好きだったの、猛烈によ」といった。ハンケチを折ったり開いたりして、生きているうちに会えたら、このひとことをいいたかったのだといった。その自分の言葉で涙が出てきた。

「わたしは昔からこんなふうに忙しいたちだけど、忘れたことなんかないんだから」

しかしもう、善吉が目の前にいるということで答えが出てしまった。これから先の心の支えができてうれしいと、壁に向かって涙を拭きながらいった。

「人が見てますよ」

「そうね」と目をぱちぱちさせ、今日こうして会えたのはM子のおかげだから、さっそく報告しなくてはならないのだといって、やっと笑い顔になった。

善吉は終始陰気なほどにもの静かで、泣いたり笑ったりしたのは伸予ひとりだ。あとで考えるといかにもはしたない振舞いのようで気がひけるがどうすることもできなかった。

とにかくそこで海と山に挟まれた伸予の家で会うことを約束したのだった。

お互い仕事中だからと気ぜわしく別れた。善吉を送ってレストランの階段をのぼるとき、伸予は約束はできたけど、実際にいつ来てくれるのといった。

あしたはわたしはまだ展示会があるからだめだけど、というと善吉は目を丸くした。

「あしただなんて、ぼくだってだめですよ、あいかわらずなんだねえ」

「せっかちは生まれつきよ、だけど、ほんとにいつ」

「近いうちに電話をします」

「だいたい、いつごろになる?」

「来月、早々にでも」

伸予は階段の途中で善吉の袖をとらえ

「あなたなに考えてるの」といった。

「バスで四十分たらずよ、大旅行でもするつもり、来月だなんていうけど、いまやっと九月に入ったばかりじゃない」

善吉が首を振って「あの時分もそんな調子だったんだ」といった。「そんな急なことをいわれても困りますよ、先生」

せっかちはその通りかも知れないけれど、それがまちがっているとはどうしても思えなかった。のんびりと計画をたてて、それではいついつに会いましょうかなどという性質のものではないような気がするのである。

必ず自分のほうから電話をする、先生から電話をもらっても不在のことのほうが多いからと善吉は困惑げに笑いながら去っていった。日のたつのが遅い。伸予は待ちきれずに二度電話をした。

善吉のいう通り出張中だったり外回りだったりで二度とも無駄に終わった。

十月に入ってやっと善吉から連絡が入ったから、伸予は思わず金切声をあげた。

「いつまで待たせるつもりだったの、雪が降ってしまうわよ」そしてあの雨と風の強い土曜日に、善吉は蝙蝠傘をさして海辺のこの家にやってきたのだった。

# 三

海は二階の階段をのぼりつめた廊下の小窓をあけると、雑木林の梢越しによく見える。すぐ足もとまで迫っているようだけれど、雑木林の蔭は急な崖になっていた。海岸へ出るにはいったん国道に出てゆるく遠まわりをしてかなりの距離を歩くことになる。

伸予はこの家に入ってから進んで海岸へ出たことがなかった。遠くから眺めているほうが味があるように思う。そのとらえどころのなさが好ましいといえばいえるのだ。

真夏の積乱雲の日などには、思わず声をあげたくなるような紺青の装いを見せて、海の傍に住む実感をあらたにしてくれるけれど、そういう天気のよい日は、伸予の心も活動的で何か用事があるならば、急がないものでもよろこんで足してしまいたいほどの心持になるから、海をゆっくり眺めることなどしないのである。

だから伸予が海を眺めるときは、海はたいていいつも曖昧な青灰色をしていた。見ているとすぐに倦きた。

嵐の中を善吉が帰ってしまってから、伸予は何度か二階にあがって小窓をあけた。海を見たいというよりは、何も見たくないためのようだった。

仕事や習いごとの予定のない日は、居間の長椅子に怠惰に横になっていた。

昔の善吉が好きなのか、いまの善吉を愛しているのだろうか、自分の心はどっちに向いているのだろうなどと、他愛のないことを考えてみる。多分そのどちらでもあるのだろうが、いまの善吉を愛しているといい切ると死んだ夫にわるいし、昔を大事にしたいという善吉との約束にも反することになる。

自分は少しもそんな約束をしたいとは思っていないけれど、善吉がそういい、自分も邪魔はいたしませんといった手前、あまり心の内を見透かされるようなことはしないほうがいいのだろう。

とはいうものの、きのう今日の安手な浮気心とはものがちがっている。やましいところはひとつもない。天井を眺めながら、あかずそういうことを考えている。

そして、もっとよく自分の心の内を覗いてみると、そう強いものではなし、ふくれあがって押え切れないほどのものではないけれども、正直いって自分の女というものをほかのだれでもない、善吉によってもう一度試してみたい欲望はある。

金輪際自分から口にすることはないだろうから、善吉が誘ってくれない限り欲望のうちにしぼんでゆくのは目に見えている。

レストランで最初にめぐり会えたとき、心の支えができて嬉しいといったのは、あれも本心だったのだから。

しかし嵐の土曜日に尋ねてきた善吉を見てから本心の本心というものがあたらしく生まれて

らきた。そうして自分の心に忠実になってみると、昔のままでいいという善吉のことばがなにや綺麗ごとすぎて不満である。

まだ五十前の、といってもあと一年しかないけれども、そういう独り身の女を前にして、四十四歳の男ざかりがいう言葉だろうか。

とにかく自分はひとりなのだ。善吉が男の情を呼びさましてくれさえしたら何の障碍《しょうがい》もない。だれ憚ることもない。

でもまだ、二度会ったばかりだし、三十年前の、形の上とはいえ教師と生徒という関係がそのまま続いてこうなっているのだから、善吉がそれにこだわっていることは考えられる。

あの時分からどちらかというと気の弱いまじめな少年だったのだから……。でも、本心の本心というものは、何とはずかしく大胆なものなのだろう。

ベランダから見る雑木林が日に日に裸になってゆく。目の前に迫る山も色を失ってゆく。そういう風景を見せつけられていると、身につまされていやだった。

それが自然のなりゆきなのだからと自分を納得させられるかというとそうではない。この雑木林も、あの山も、来年になるとまたいきいきと美しくなるのである。人間は死ぬけれど山は死なない。人間は生き返らないけれど、山は生き返る。何度でもやり直しがきくのである。

そんなあるとき、ふっと気がつくと、老眼鏡が顔にかかったままだった。新聞を見ようとして長椅子に横になったのに、新聞を放り出しても眼鏡はそのままだった。

老眼鏡をかけていることも気がつかない女が色恋のことを思い患っているのだと思った。

そういえば小町老女という能面がある。仲予は稽古の合間に「能」というグラフ誌で見せられた能面を思い浮かべて胸が冷えてゆくようだった。

仲予は老眼鏡をむしりとって起きあがった。〈自分のことを小町老女だなんて、そんなふうに考えてみたって一文の得にもならないのに……〉

善吉という男が小面憎くもなってくる。

〈だいたいが昔から薄情なのよ！〉

いまどんなに神妙に、自分の心を偽ったり、また反対に本心の本心をさらけ出して考えにふけってみたりしても、善吉がふたたびここに現れるという保証はない。だいいちあれから電話がくる気配がまるでない。

自分だけがおとなしく、殊勝に男の到来を待っているだけで、それで何かが動き出すというのだろうか。念力が通じて、善吉がとんでくるとでもいうのだろうか。

考えても埒《らち》があかなくなると、仲予は見境いがつかないようになる。昔の善吉もいまの善吉もあるものか。

〈辛抱ばかりしているのが能じゃない……〉

階段をかけのぼって廊下の小窓をあけるのはそういうときだ。すると晩秋の海は、老いさらばえた鈍色《にびいろ》で、ちらちらと醜く牙をむき出しているのである。

そんなものを見たいと思って窓をあけたわけではない。つきとばされて二階へ駆けあがったようなものだ。自分が何をやっているのだかさっぱり分らなくなるのだった。今度はいつ来るのだろうと結局そこへいってしまうのだ。

息子はあいかわらず夜遅く帰ってきては、朝はパンをくわえて車にとび乗るようなありさまだから、少しずつ覚えてきた夜の酒を息子相手にと心組んでも思うようにならなかった。彫金のほうはというと目下やりかけの銅材のペンダントが、スレート板に置かれて冷え切ったままである。台所の水仕事に立つついでに、椅子を引き、タガネをとんと打ち込んでみたりするけれども、金属の硬さが気持に乗らない日々が続いている。

善吉のことは、ことし中はもうあきらめたほうがよさそうだった。そういえば、なにも善吉ばかりが自分の青春時代のすべてではなかったのだからと、無理に思い出してみるとそんな男がひとりやふたりはいたのである。

あの陸軍少尉はどうしているだろうと思った。めぐり合わせの歯車がもうひとつずれていたら、あるいは夫と呼んだかも知れない男だ。

女学校三年のときに、学校で戦地慰問の手紙を書かされたのがきっかけになった。どこのだれの手に渡るものか皆目わからないものを、課業のひとつと心得て書き送ったのである。

女学生の手紙は兵隊によろこばれる、とりわけ若い将校に人気があるという話だった。手紙は本当にDという独身の陸軍少尉の手に渡ったのである。中国大陸から返事がきて、このつぎは写真を送ってほしいといってきたから、女学校の制服姿のと、振袖を着たものを合わせて送った。

気の遠くなるような時間をかけて、さらに一回手紙の往復があったあと、まもなく内地へ帰るので結婚してくれといってきた。軍刀を杖にした将校服の美男子の写真が入っていた。

あの時分は親の判断によるしかなかったから、自分には許婚者がある、せっかくだが結婚はできない、これまでの縁とあきらめてお国のためにつくしてくださいと、いわれるままに書き送ったのである。

これで終わりだと思っていたら、この最後の手紙が届かなかった。戦争が終わって三年め、仲予が結婚をして里帰りしたとき母親が物蔭に呼んで、もういまだからかまわないだろうといってD少尉の手紙を見せてくれた。

日付は終戦のあくる年の、仲予が女教師になったばかりのころのものだ。某月某日、何時何分に×駅に降りて待つ、必ずや来られたしと、仲予の郷里の町から三つほど離れた駅の名を指定してあった。母親とふたりで、ちょっとしんみりして手紙を焼いたのだった。

女教師になってからは、海軍から復員してきた男の同僚に言い寄られたことがある。人のいない教室で壁に押しつけられ、イエスかノーかと噛みつくようにして迫る男の頬を夢中で張った。

そのときの洗いざらしの男の開襟シャツがいまでも目に浮かぶようである。男は仲予がやめるより少し前に学校から姿を消してしまった。名前もさだかに覚えていない。

もうひとりいる。新制中学と小学校に分れたときに中学の方へいった男だった。これは手紙をよこした。便箋に斜めに書いた、あれは千鳥書きとでもいうのだろうか、変わった手紙だった。

許婚者がなかったらと、少し考え込んだ記憶がある。いま思うと千鳥の手紙をよこした男は善吉の担任だったのである。善吉が現れたためにそういう男たちがみんなかすんでしまったのだった。

早い雪がきた。伸予は冬支度に追われて多忙になった。根雪になるころに善吉に電話をすると武藤さんは今日も外回りで仕事が終わったらそのまま家に帰るといつもの男の声が返ってきた。精力的に新しい仕事に走り回っている善吉を想像すると、待ち切れずに電話をかけた自分が恥ずかしくなってきた。

死ぬまで逢えないわけではない、がまんのしどころということもある。そう思いながらも外から帰るたびにひょっとして善吉があがり込んではいないかと胸をはずませる自分がいまいましい。待つだけしかないというのはつくづく理不尽なことに思われる。

雪が深くなった。毎朝、玄関から国道までの道をつけるのはひと苦労である。伸予は外仕事のための半オーバーを羽織り、ゴム長をはいて雪と格闘した。掻いてもはねてもあとを埋めてゆく雪のために道はいよいよ細くなり、車の出入りが不能になって、息子はバス通勤に切りかえた。毎年のことである。

暮れから正月にかけて長男夫婦がふたりの子供を連れて乗り込んできた。年があけても仲予は孫たちにとりかこまれて息を抜くひまがないほどだった。三が日が過ぎたとたんに下の二歳半の孫が熱を出してさわぎになった。雪深い中を往診を頼むやら病院に連れてゆくやらで、少しよくなったと思うと長男の休暇が切れて、長男は妻子を置いてひと足先に東京へとんで帰った。嫁とふたりの孫は一月いっぱい居候をした。

ゆっくりできたのは二月のなかばごろまでで、つぎは長女とその子供だ。

こっちもあらかじめ心組んでいたとはいえ、長女はふたりめを産むために予定を早めて、大きな腹を抱えてやってきた。

孫の守りをしながら、娘の出産に備えて常の倍以上も縫物に精を出した。こちらから顔を見にゆく分には一向にこたえないのに、四六時中小さい者に家中を走り回られるとふだんのこの家の静かさが貴重なものに思われてくる。

娘はK市の病院で二番めを産み、予後をたっぷりと怠けて過し、そろそろ若葉の芽が青くなるというころになって、迎えにきた夫といっしょに引き揚げていった。

## 四

善吉から電話がきた。山の新緑がもっとも美しい季節に入っていた。さりげない時候伺いのあとで、ちょっと仕事に余裕ができたからいまは夏の浜辺でも歩いてみたいという心境だという。

「やっと思い出してくれたのね、もう待ちくたびれてしまったわよ」

伸予は胸が押しつぶされるようだった。どこをうろつき回っていたのだろうと思った。しかしすぐに、「ほんとに来てくれるの」といわずにいられなかった。

電話のあとで、なぜ自分という女はいつまでもこうなのだろうとくやしい思いをした。三十年連れ添った男よりも、三十年別れ別れになっていた男に、こうも執着するというのはどういうことだろうか。

善吉がやってきたのはそれからさらにひと月もたった七月のなかばである。あの中国大陸との手紙の往復ですらざっと二年の間に三回は行われたというのに、目と鼻の先で何やら間の抜けたやりとりである。

バスではなく、気動車に乗ってくるというから、時間をしめし合わせて、まひるの小駅へ迎えにいった。もうたっぷりとさびしい思いをさせられたのだから、何があってもこれ以上失望することはない、なりゆきにまかせようと心に決めて歩いていった。

紺のブラウスに白いスカートをはいた。女教師時代とは配色が逆だなと思った。踵の低いサンダルをはき、真夏の浜辺の日光を用心して麦藁帽子をかぶり、曲りくねった道をゆっくり歩いて旧道におりた。

軒の低い民家の、埃だらけの窓ガラスをちらちらと通りすぎてゆく自分の姿は、十歳も二十歳も若返ってみえる。往還は静まりかえっていた。

民家のどの垣根にもあじさいが重く開いて、道端にこぼれるようである。あじさいの多いまちだが、立ち葵もまたところかまわず咲いていた。

駅前通りに出ると強い磯の香がする。車も通らない一本道をゆっくり歩いていくと、向こうの木橋に男が立っていた。欄干にもたれて流れをのぞいている。遠目にも善吉と分った。わざとのろのろと近づいていった。善吉が手をあげている。伸予は頬をこわばらせてうなずいてみせた。

橋の上で並んで立つと、伸予は

「ほんとにあなたって辛抱づよいことね」といった。

善吉は白のポロシャツにグレイのズボン、それにサンダルという軽装である。伸予をまぶしそうに見ていった。

「汽車が早く着くなんてことあるのかな、だいぶ待ちましたよ」

「それはどうも」と伸予は表情を崩さずにいった。

「わたしは、あなたの千倍も待ったわよ」

下の川原で小さな女の子がふたりたわむれている。涸れかかって洗剤の泡を浮かべたみすぼらしい川である。そこから海がひらけていた。

「海を見に来たんでしょ」と伸予がいった。

そうだと善吉が答えるので、手をとり合って橋の袂から石垣を伝わり川原に降りた。ごろごろした石の浜辺を、少し歩き、人家の裏手にあたる波打際にビニール布を敷いて並んで坐った。

海風は涼しいけれども石は灼けていた。朽ちた漁船が石浜に濃い影を落としている。

海は家の二階から見るよりもずっとひろびろとしてせりあがっていた。右手遠くに海水浴場が続いている。しばらく眺望をたのしんでいた。

「聞いていると、波はほんとにざぶうんというんだな」間延びした声で善吉がいう。

「どぶうんでしょ」と伸予はまだ逆らっている。

「ざぶうんでもどぶうんでも、みんな昔のひとが作ったことばだ、ほかにいいようがないですかねえ、なんでも先取りされてしまってつまらない」

ふいに伸予は、少しの間でも善吉とじかに体を触れ合っていたいという気持になった。

並んで海を眺めているだけでは何だか手がかりがつかめない。近々と体を寄せ合ってはいるが、たとえ一ミリメートルでも空間は空間である。

坐り直し、スカートの裾を引っぱっていった。

「ここに頭を乗せてちょうだい」

善吉がふり向いてにがわらいした。

「膝枕ですか、いいですよこのままで」

「いいから、ここに寝てちょうだい」

石の上にビニールを敷き直し、にこりともせずに促した。哀願になると、あとがさびしいという計算が働く。

善吉は仰向けになりながら「痛い痛い」と声をあげた。背中を浮かせてもがいている。動くたびに善吉の頭の重さが太腿にこたえた。不安定でごりごりと痛いのは仲予も同じである。

善吉がおちつくまで、仲予は自分も痛いのを怺《こら》えて善吉の頭を支えたり腕をひっぱったり肩を持ちあげたりした。腿の付根に頭を引き据え、麦藁帽子を傾けて善吉の顔の陽を遮った。前屈みになってつくづくと善吉の顔を見おろしていた。善吉の閉じたまつげがぴくぴく動いている。

これでよし、と思った。どんなにこうした他愛のない睦み合いを望んでいたことだろうか。

仲予は遠慮せずに、横たわった善吉の全身を隅々まで見届けた。

いまここにこうして武藤善吉というひとりの中年男が、無抵抗の姿をさらしているのだけれども、どうためつすがめつしてみても、昔の少年をそれに結びつけることは無理なようだった。ゆったりした波の音を聞きながら、仲予はほとんど慈愛の心で善吉を見おろし、あきることがない。

善吉の横鬢《よこびん》にはうっすらと白いものがまざり始めているし、額にも消しようのない太い皺が刻まれている。ちょっと深く屈みさえすればそこに唇をつけることもできる。仲予は善吉の耳うらのあたりに指を遊ばせながら、自分はいまのこの善吉が好きなのだと観念した。やっぱりはじめからやり直さなければだめなのだと思った。

「あのころは、たのしい夢をたくさん見せてくれてありがとう」といった。

するとと善吉の唇がものうげに動いた。

「ぼくは苦しい夢ばかり見ていましたよ」

仲予が黙っていると善吉が含み笑いをした。

「少し昔ばなしをしましょうか、与田初江という女の子、覚えていませんか」

仲予はその名前にあやふやだが記憶があるように思った。少し考え込んでいると

「新制中学に移ったばかりのころの、ぼくの同級生ですがね」

「思い出せそう」と仲予はいった。

たしか……といいかけて口ごもった。あまり愉快な記憶ではなさそうだった。

「その子と、なまいきにも手紙のやりとりをしたことがあるんですな」

「そのひとが、いまの奥さん？」と伸予はこわごわといった。

「まさか、あれきりでしたよ、でもあの時分はいっぱし板ばさみになったつもりで悩んだものですわ」

「板ばさみって、わたしと、その子と」

「そうです」

「へえ、知らなかった」

伸予が体を反らせたので、善吉は太陽の直射を浴びてうめき声をあげた。伸予はあわてて前屈みになった。

「それで苦しい夢ばかり見ていたというわけ」

「そういうことでしょうな、お笑いぐさです」

「そんなことならわたしのほうだってね善ちゃん」

伸予は急にむきになった。

「そういうひとの、ひとりやふたりはいたのよ」

伸予は陸軍少尉と手紙を交した話や、海軍あがりの男から言い寄られた話をした。顔は笑いながらだった。

「だんぜんはねつけたけど、それにあなたを知る少し前かな、いや知ってからかも知れないけど、あなたの担任の男の先生、そこからも手紙をもらったことがある。でもさあ、善ちゃんが現れたものだから、みんなけしとんでいったのよ」

「それはありがとう」と善吉がいった。

「そっちの方はよく覚えていらっしゃるようだけど、ぼくのこととなるとあんまり覚えていてくれないんですな、呆れちゃうなまったく」

仲予は不安になっていった。

「その初江とかいう子のこと、どうかしたの」

「いってあげましょうか、あなたが仲を割いたのですよ、ブリキ屋の善吉とはつき合うなって」

「うそ！」

善吉が起きあがろうとする気配なので、仲予は頭を押えつけていった。

「じっとしていて」

「手紙をよこしましてね、桂先生に呼ばれて別れろといわれたから、これでわたしは泣いて別れます、ときた」

善吉がたのしげにいう。こんどは仲予の方が呆れる番だった。

「あなたそれほんとう？　泣いて別れますだなんて子供がそんな手紙書くかしら」

「日記ですよ、あのころぼくは実に克明に日記をつけていたんですな、小さな黒い手帳ですが三十年ぶりにあらためて読み返しましたらね、初江の手紙も全文書き写してある」

「わたしのこと何て書いてあるのよ」

仲予は、そんな女のことはもう聞きたくないというふうに邪慳《じゃけん》にいった。

「それがです」と善吉がとうとう起きあがってしまった。眩しそうにあたりを見回し
「なんにも、まったく何ひとつ、一行も書いてない」

仲予は首を振って「ひどいわあ」といった。

「いいとしをして何を喋ってるんでしょうね、しかしまあ昔ばなしだから」

善吉が煙草を抜き出し、口にくわえてぴんぴんとはじきながらいう。

「大げさにいえばまあ罪の意識だったんでしょうね、十五か十六の子供が、やはり邪恋とか不倫とかを意識していたのがおもしろい」

仲予は軽い緊張感に襲われた。あの美しい繭玉の表皮が少しずつはがされてゆくのだろうか。そうはしてほしくないのだけれど……。

「あなた、恨んでるの」と沖合を見つめていった。

「冗談じゃない、そんなこともありましたというだけです」

「そうすると、あのころの善ちゃんは、わたしを嫌っていたのかしら」

「その反対です、しかしですよ、十五六の男の子が、女学校を出たばかりのみずみずしい女性に、それも年上の美人教師という立場から愛されたとしたら、どうなると思います」

「どうなるの」

「死にたくなるのですよ」

仲予はびっくりして善吉を見た。

「いまの子供ならどうか分りませんけど、戦争が終わったばかりのあの時分の少年というのは、まだこちこちでしたからね」

仲予は足もとの小石をつまんで下を向いてしまった。

「くどいけど、昔話だってこと忘れてもらっちゃ困りますよ、ところでぼくには早くから母親がなかったこと、これぐらいは覚えていらっしゃるはずだが」

そうだった、と仲予は思った。

「知ってたわよ」と小さな声でいった。

「それに男兄弟ばかりでしたでしょ、母親の愛というか、母性というか、そういうものに無意識に憧れていましたからね、あなたと人のいない教室で抱き合ったときのあなたの体温だの、唇の感触だの、そのときのぞき込んだ乳房のふくらみだの、これはもうたいへんなことでしたな」

「ぼうとしていて、なんにも覚えてない」と仲予は力なくいった。しかしすぐに、何かをいわなければという気になった。

「でもね、それはきっとこうなのよ、わたしはブリキ屋の善ちゃんというさびしそうな美少年、ほんとに美少年だったわよ、その善ちゃんに無我夢中だったのだし、ほかの男のひとたちのことはけっきょく冷静だったから、だからちゃんと覚えているのだと思うの、善ちゃんのことだと、どうしてだかばらばらにしか覚えてない」

これが本当なのだと伸予は自分の言葉に安心した。やっと謎がとけたような心持がする。

〈これ以外に弁解のしようがない！〉

「なるほど、そうかも知れませんな、だとすると女教師よりも少年の方が冷静だったということになりそうですな」

伸予には妙ないいまわしに聞こえた。計算するとどういうことになるのだろう。ほとんど直感的に、その計算は合わないほうがいいと思った。

「ね、もういちど、ここにこうして」と伸予は膝を叩いた。昔ばなしは正面から顔つき合わせて語るにはふさわしくないのだ。

遠くで釣りをしていた男たちが三人、こっちへ歩いてくる。息を殺していると途中からそれて旧道への石段をのぼっていった。

「そうさせてもらいましょうか」

善吉が男たちを見届けてから、ふたたび横になった。伸予はため息をついた。

「死にたかったのは、わたしも同じだったような気がする」

「伸予先生と刺しちがえて死にたいと武藤少年は思ったようですな、日記にはね、まもなくおしまい、二個の生命が失われるであろうなんて物騒なことが書いてある。これは初江なんかじゃなく、あきらかに伸予先生のことだ」

「ふたりで死んじゃえばよかったかも知れない」

「ところどころ罰印がついているのはね、オナニーです。伸予先生を思い浮かべてオナニーをしたのかと読んでゆくとちがうようですな、逆にそれを思うまいとして悩んでいる形跡がある、そして死ぬべきやなんて書いてある」

〈それじゃあ、わたしよりずっとおとなだったんだ〉と伸予は胸のうちでつぶやいた。

あのときすでに情欲の対象とされていたのだろうかと身の竦む思いがする。

話があからさますぎるけれども、しかしそこまでいったのならと、伸予は思い切っていった。

「初江さんという、その子とは何もなかったの」

「K市に出てから会いました、手紙で呼び出したのです。女を知ったのはそれが最初です」

きらきらしたものが急にしぼんでゆくようだった。沖合の白い波の帯が翳《かげ》ってくる。歯に衣を着せないつもりらしいが、何ごとにも程度ということがあるだろうに……。

伸予は横を向いて
「いまでもつきあってるのね」といった。

「いいえ、一回こっきりです、どうやって別れたものやら思い出しもしません」

「ひどいおはなし」

のろのろと善吉が起きあがった。

「冷たいものでも飲みましょう、石の褥《しとね》は痛くてかなわないや」

「海はもういいの」

「いいです、退却しましょう」

「わたしはもう少しこうしていたいのだけど」と伸予は沖に目をやりながらいった。すでに立ちあがっている善吉が黙っているので伸予はあきらめて膝を払った。

石の汀をよろけながら歩いて先刻の橋から往還に出た。昔とちがって、もう自分の思うようにはならないのだと伸予は思った。とにかく善吉のあとをついてゆくしかない。

古ぼけた雑貨屋の店先に清涼飲料の自動販売機が日を照り返していたが、伸予の顔見知りの女が傍に立って、伸予を見ていた。伸予は顔を伏せて通りすぎた。

クリーニング屋があった。その二階に「大漁食堂」という看板がかかっている。

「入ってみましょう、つめたいコーヒーぐらいおいてるでしょう」

気が進まなかったけれど、善吉について狭い階段をのぼっていった。

粗末なテーブルが三つ四つ並び、男が三人でビールを飲んでいた。さっきの釣りの一行のようだった。天井で扇風機が回り、夥しい蠅がとび回っている。

「いやだ」と伸予は善吉の腕を引いた。

「そうですね」

男たちの哄笑を背にして急いで階段をかけ降りた。

「冷たいものなら家に用意してあるのに、あなた寄らないつもりだったのね」

外へ出てから、仲予は善吉の背中に浴びせかけるように強くいった。

「家へいきましょう」

「暑いな、タクシーでもあるといいんだけど」

「タクシーなんかあるわけないわよ、国道に出たら一軒だけあるけど」

「それじゃ歩きましょう」

しばらく無言で歩いた。小さな寺のあるところから登り坂になっている。仲予は小走りに善吉を追い越し、通せんぼをするようにした。そのままあと足で歩きながらいった。

「その初江さんというひとと関係したのはいつごろのことよ」

ずっと考えていたことだった。いまさら子供じみていると思いながらも聞かずにいられない。あのころわたしは善吉の担任という男の求愛を善吉のために斥けている。善吉はしかし、わたしの愛を受け入れながら初江という女の子とも手紙のやりとりをしていた。

それからわたしは泣く泣く親のきめた相手と結婚をしたが、善吉を忘れていなかった。

善吉がK市に出てきて初江という女と抱き合ったのはいったい、いつごろのことなのか。

それが、善吉がK市の高校へきてすぐだったとでもいうなら、わたしは別れたとたんに裏切られたようなものだ。

初江との仲をこのわたしが割いたというけれども、かりにそうだったとしてもそれは善吉への強い思いからである。ひょっとしたらその女の方が、わたしと善吉の仲を割こうとしたのかも知れないのに。

ほかのことならともかく、女のことなれば善吉がいうように、そんなこともありましたよでは済まされない気がする。いつ、その与田初江という女を抱いたのだろう。もやもやとして面白くない。

「忘れましたよ」と善吉はこともなげに答えた。

「少しゆっくり歩いてよ、おねがいだから」

仲予はそろそろヒステリックになりかかっていた。

「あなただっておかしいわよ」といった。

「そんな、まだはたち前でしょ、その子を抱いたのは、それがしかもはじめてだなんて、それなのにそんな簡単に忘れられる？　いつ関係があったか、どうやって別れたか、ぜんぜん忘れただなんて信じられないわよ、そんなあなた不良だった？」

「どうしたっていうんです、急に」

立ち止まった善吉を仲予は睨みあげるようにした。

「何だか、いやな気持なのよ」といった。

「それではいいますがね、初江とそんなことがあったのは、高校の二年の終わりごろだったと思います。ですけどね、そのとき初江の方はもう、はじめてじゃなかったんですからね」

そらみろ、と伸予は思った。それなら自分と別れてからほぼ二年後のことになるから、そこは目をつぶるとして、やっぱりその女はお転婆の不良娘だったじゃないの！

「そんな子じゃなかったんですがね、初江はぐれちゃったんですな、どうしてだと思います」

伸予はわざと一歩遅らせて歩いた。

「わたしのせいでした、どうもすみませんでした」

「ぼくも当時はそう思いました。いまはもうどうでもいい」

振り向いて善吉がいった。

坂をのぼりつめて国道に出た。伸予の家の赤い屋根が緑の向こうに見えている。

「いま不良とかおっしゃいましたけどね先生、ぼくはほんとに不良になっちゃったんですよ、Kに出てきてから」

善吉が笑っている。車が乱暴に行き来するので先に立つ善吉は道ばたの雑草を伝ってゆく。

伸予はそのサンダルの踵を見ながら歩いた。

「あぶないところで退学は免れましたけどね」

自分の立場が一向によくならない、と伸予は思った。それどころかだんだんわるくなるばかりだ。

「善ちゃんが不良になったって？　信じられない」と伸予は大声を出したが、脇をかすめてゆく車の音でかき消されてしまった。

「ぼくはね、あの海軍野郎に復讐してやろうと思っていたんですな、伸予先生に言い寄ったという海軍さん」

「あのひとがどうかした」

善吉が振り返って作り笑いをしていった。

「呼び出されて殴られましたっけ」

伸予はわけがわからなくなった。

「いったい、どうなってるのよ」

「やつが学校から姿を消す少し前だったと思うけど、学校の裏の神社の、ほら相撲の土俵があったでしょう、呼び出されてその土俵の上でやられましたな、この野郎、かわいい面しやがって女まんぺぇ、まんぺぇって学校の教師のことらしいけど、女まんぺぇと乳繰りやがってって、ぽかぽかと」

「いやだ」と伸予は耳を押えた。

「Kへきましてからね、よせばいいのにメリケンなんか持って歩いて、すっかりだめになりましたな、初江とのこともそんなときだから、お互いに邪慳な別れかたをしたんでしょう」

伸予は急に神妙になって「そうだったの」といった。自分のあずかり知らないところで、何やら男たちが血相を変えてかけめぐっている。波紋の中心にいるのは自分らしいのだが、自分はその波紋を見ていなかったということだろうか。

「だけど、どうしてその海軍さん、わたしたちのこと知ってたのかしら」

「いいですか先生」と善吉が足を止めた。

交通安全の地蔵の前に来ていた。善吉は伸予の家に顎をしゃくって
「家の中に入ってまでいいたくありませんからね、ただね、あなたはほんとにお嬢さんだったんだな、つらいめにあったのは自分ひとりだと思っていたんじゃありませんか、ぼくらのことが誰にも知られていなかったとでも本気で思っていたのかしらね、評判だったんですよ、子供同士というのは非情ですからね、ぼくは同級生には総すかんを食うわ、海軍さんには殴られるしで学校へゆくのが苦痛だったですな」

急に止まらなくなったように、地蔵の頭を撫でながら喋っている。

「それから先生に手紙をよこしたというぼくの担任だったやつ、これには徹底していびられました。うちのおやじにまで告げ口しましてね、みんな知ってたんですよ、知らないのは伸予先生だけ。ところがKに出てから一年ぐらいしてそっと帰省してみたら、あなたははやばやと結婚してしまっていたですな、なあんだと思いました、いい気なもんだなあと思いましたよ」

「責めないで、そこはぜんぜんちがうんだから」

急に涙が出そうになり伸予はあわてて麦藁帽子で顔をかくして麦藁の匂いの中で瞬きをした。

「ごめんなさい、責めてなんかいないんです、三十年も昔のことだから黙っておけばよかったのでしょうけど、なんだかあまりにも変わらない、生地のまんまのあなたを見ていると、つい

いらいらしちゃって」

仲予は麦藁帽子の中で叫んだ。

「頭ががんがんしてきたわよ！」

善吉の手が帽子をはぎとった。濡れてふくらんだ視界がガラスの壺でものぞいたようにいきいきと眩しい。

「昔もこうしていいたいことをいい合えたらよかったのに」と善吉が歩き出していった。奪い取った麦藁帽子を片手でくるくる回し、一方の手をうしろへ差しのべてきた。仲予はぐずと鼻を鳴らしながら、丈高い雑草の径を善吉の手にひかれてくだっていった。

「去年来たときも思ったんだけど、ここへくると乳母の里という風情なんだな」と善吉がぶつぶついっている。耳ざとく聞いて〈乳母だなんてもう少しましな言い方があるだろうに〉と仲予は素直になれない。

玄関の錠は善吉がはずした。仲予は善吉の手にしがみつくようにしていた。

居間に落ちつくと仲予は笑顔をとり戻して、用意のメロンを運び、ビールの栓をはじきとばした。気づまりをかくし、乾杯をしたあと互いに黙りがちにビールを飲んだ。

「かんにんしてね」と仲予がやっといった。

「仏間をしめて」と善吉がいった。そのままコップを置いて四畳半へ立ってゆく。

仲予は震えながら仏間の襖をしめて、四畳半へ引き返した。

「そこも」と善吉が伸予の背後を指差した。伸予は善吉に目を据えたまま、うしろ手に四畳半の襖も閉じた。

蝉の声が聞こえている。半分だけあけた窓にレースのカーテンがまつわりついていた。

善吉のいうままに下のものを脱ぎ捨てた。「上はいや」と伸予はいった。紺のブラウスを着たまま畳の上に横たわり、半眼になって舟型の天井を見ていた。

口を結んで善吉の動きに耐えていると、べつな涙がにじんでくる。やっと、という思いが先に立つ。体がよろこんでいるところはなかった。閉じこめてしまったものは容易に目をさまさないものかも知れない。体中に力をこめてしがみついていた。

やがて善吉がよろよろと居間へ戻っていった。長椅子に坐り込んでうなだれるようにしている。身づくろいを終えたものの伸予もいきばを失ったようになり、途方に暮れて立っていた。

ビールのコップを置く、かたという音がした。伸予は善吉の背に向かって、かすれた声で「シャワーを浴びたら」といった。

浴室に誘い、戸をしめると台所の湯沸器の栓をひねった。湯の音がしている。

伸予は仕切り戸に口をつけるようにして、曇りガラスの影に向かって小さい声でいった。

「わたしが誘ったんじゃないわよ」

シャワーの音が止まって「何だって」といっている。

「はじめからこんなつもりじゃなかったの！　わかってるわね」

返事の代わりに再び湯の音がした。

新しいビールをつぎつぎと抜いて伸予もしたたかに飲んだ。

喧嘩したわけじゃないわよね、といいいいした。

伸予は、あなた青年みたいだったわよともいった。

かっと日の高い中を善吉は土産に持たされた南国産の焼酎の箱を抱え、少しふらつきながら帰っていった。


少年時代の写真に似せて、伸予は銀材のペンダントに善吉の肖像を彫ることにきめた。毛彫にはじまってなめくり彫、透し彫と初歩の技法ですらいろいろとあるけれど、自分の技術では基本的なものが失敗も少ないだろうと考えて毛彫に決めた。毛彫は細密な作業なのでちょっとこたえるけれど、あわてることはない。

うまくいったら、このあと善吉のためにはネクタイピンでも彫ろうと思う。善吉の妻というひとを知らないけれども、悶着のたねにならないように、目立たぬところにふたりのイニシャルを入れる。びっくりさせてやりたかった。彫金をやっていることをかくしておいてよかったと思った。

彫金教室の講師の手も借りて、少しずつ下描きをしていった。

# 五

ある朝、新聞を拾い読みしていると、思いがけない男の名前が載っている。戦時中の慰問文を書いたあのD少尉なのである。

K市とは反対方向へ国鉄の駅を二つほどいった港町にD少尉は住んでいるのだった。かなり手広く運送会社を経営しているらしく『町の篤志家』という見出しで福祉施設に寄付をして新聞に載ったのである。

六十一歳。そんなとしになっていたのだろうか。笑顔が写真になっているけれども、昔の凛々しい軍服姿の印象とは結びつかない。繰り返して読むうちにひとこと声を聞いてみたいという気持になった。思い立つと止まらなくなるたちである。

新聞の住所を頼りに電話局から電話番号を聞き出し、まだ朝のうちだけれども思い切ってダイヤルを回した。

どんなに請われても、こっちの住所や電話番号や、寡婦でいることなどは知らせまいと心に決めた。妻らしい女の声がどちらさまでございましょうかといった。

伸予は自分の身代わりになったようなその女は、どんな顔をしているのだろうかと思った。

「桂と申しますけど、ご主人様は……」そこでいい澱んでしまった。

代わって出た男の声が、ああ、もしもしといった。これが六十一歳のD少尉の声かと耳を澄ませた。

仲予は、もうお忘れかも知れないけれど、自分はこれこれこういうもので、偶然に今朝の新聞であなた様のお名前とお顔を拝見した。健在でいられることを知ってなつかしさのあまりつい電話をかけてしまった、と少し震え声でいった。

そうでしたか、と元少尉がいった。それから声がちょっととぎれて、まあおひまを見てご主人といっしょに遊びにきてくださいといった。それだけである。

急いで電話を切らねばならないのはこっちの方だった。住所も電話番号も、いまの境遇もいっさい答えまいと身構えたはずかしさがこたえた。わざわざ無縁をたしかめたようなものである。

気をとり直してその日の午後はまじめに謡曲の会に出席した。帰ってくると息子のラジオカセットを居間の絨緞に引き据えて、習ってきたばかりの曲を吹き込んでみた。

――いざいざさらば琴の音に
　立てても志のぶこの思い
せめてやしばし慰むと
　かきなす琴のおのずから
秋風にたぐえば鳴く虫の声も悲しみの

秋や恨むる恋や憂き
何をかくねる女郎花《おみなえし》
われも浮世のさがの身の
人に語るなこの有様も恥かしや――

ばつのわるさを怺えて再生してみた。〈へんな声……〉と仲予はひとりごとをいった。途中でかすかに波の音のような雑音が入っているのは国道を通っていった大型トラックの音であろう。おしまいの「恥かしや」のあとには、ふんというため息とも自嘲ともつかぬ鼻声を無意識のうちに入れていた。

それきり仲予は放心したように器械と向き合っていた。静かすぎて張り合いがない。

謡曲は稽古順四級の「小督《こごう》」である。高倉院と小督の局《つぼね》の恋慕の情が伝わってくる曲だけれど、いまこれを習わなければならないのは何だか皮肉である。

仲予の家を尋ねてくる者は、新聞・牛乳・郵便・クリーニングなどの配達人、それに街燈料金を集めにきては、いつも家の中に上がり込みたそうにする好色そうな町内会長、そんなものである。

高倉院の恋文を届けに小督の隠れ家を探して馬に乗ってくる源仲国がいるわけでもなければ琴の音がひびくわけでもない。

あの夏の日いらい、ぱったりと消息を絶ってしまった善吉という男の心根をはかりきれずに疑心暗鬼でいる小町老女がいるばかりである。

仲予にはそんなふうに自分を嘲う余裕が出てきている。いま九月の陽が明るいが、日蔭の色はさむざむとしてきた。「小督」の舞台の平安末期の嵯峨野ほどにはひなびていないだろうけれど、新開地の雑木林のこの一帯は人家が容易に増えようとせず、海風の方から先に冷えてきて、秋口を越すと風景はひたすら彩りを失ってゆくばかりだ。死ぬまでここに住みつくのだろうけれど、この先どれほど賑かになるものか覚束ないのである。

善吉の消息がはっきりととぎれたのは八月の末だった。夏の浜辺で会っていらい仲予は少々意地にもなって善吉への電話は控えていたのだけれど、けっきょくしびれを切らしたのは仲予の方だった。こっちが黙っていれば何年でも放りっぱなしにされそうな気がした。

武藤さんはもうここにいませんと、いつもの男の声が答えた。連絡先は分らないのですかというと、何も聞いていない、とにかくここにはもういないのだといった。仲予はいまかけている電話の先はどこなのだろうとはじめて疑いを持った。しかしそこはどこですかと聞くわけにもゆかなかった。

いつかは冷たい仕打ちに遭わされそうな予感はあったのだけれども、こんなふうにゆくえを昏《くら》まされるような扱いは想像もできなかった。よんどころない事情があっていまは仲予からの電話を拒んでいるのかも知れない。

そう思いながら、待っていた。今日も稽古が終わると簡単な買物をしてまっすぐに帰ってきたのだが、帰りついてみるとばからしくなった。薄情な男をいちいち気に病んでいられるものかと自分を励まして、カセットテープに自分の声を吹き込んでみたのである。

二度と聞き返す気にならず、いつまでも坐っていた。今日も朝から元少尉につき放されるしで、少しもいいことがない。

新柄の展示会が月末に開かれることになった。伸予は会社へ日参して、招待状の発送やら準備のためのこまごました仕事を手伝っていた。

M子にも招待状を書いたが、書いているうちにM子が最後の頼みの綱だという気がしてきた。

夜、帰ってから長距離電話をかけた。

「ことしはきてくれないの」とさりげなくいった。

「いきたいけどお金もないし、ことしはあきらめる」

「着物を買ってちょうだいとはいってないわよ、ひとりでさびしいからさ、ひと晩泊まるぐらいの許可をもらえないの」

「考えてみるけど」とM子はいった。

「それよりか、どうなってるの善吉のこと、まだ会ってるの」

M子の方から切り出してきたので、伸予はほっとして「まあ、会ってはいるけど」と答えた。

「やっぱり無理のようね、あたしはまたふたりの三十年越しの恋がついに実を結ぶ大メロドラマを期待していたんだけどな」

「まさか、こっちはひとり身だからともかく」

「あっちだって同じじゃない、知ってたんでしょ」

「なにを」

「あれ」といっている、急に声を低めて
「彼さ、独身なんでしょ、ここずうっと」

伸予はM子が人ちがいをしているんだと思った。首をひねっていると
「五年も前に奥さんと別れたんでしょ、子供も向こうへ渡してしまったというじゃない」

「わたしのいってるのは武藤善吉のことよ」

「きまってるじゃない、まさか知らなかったわけじゃないんでしょ」

唾をのみ込んで、伸予は蚊の鳴くような声でいった。

「……うすうすは」

「うすうすなの」M子の声が上ずっている。

「あなた、なにやってるのよ、例の幼な友達のSからわたしの耳に入ったのが、ええと、この夏だから、聞いてるの」

「……聞いてる」

「Sがね、K市に出張でいって、ついでに善吉に会いにいったのよ、いい？　そして会えなかったのよ、ぜんぜんまるっきり。そりゃそうでしょ、会社なんか去年のうちにやめさせられていたんだから、使い込みか何かやったんじゃないかって、これはSの想像だけど、おまけに」

「……もっとゆっくりしゃべって」

「独身ていったけど、正確にいえばいるらしいのよ、女が、それも自分の娘みたいのと同棲してるらしいっていうじゃない、Sがね、善吉のもとの会社を尋ねて善吉のアパートを聞き出したのよ、そして尋ねていったらさ、出てきたんだって、善吉はいなくてその女が。いやらしいじゃない」

伸予は目の前の壁掛けを見ていた。冠をかぶった汐汲みの人形が張りついて首をかしげている。

「Sが帰ってきてくやしがっていたわよ、何かわけの分らない商売でもやってるらしいって。すぐにあなたに電話しようと思ったけど、あんまりいい話じゃないし、それにあなたが承知でつき合っているとも思ったし」

伸予はふっと笑いが出そうになった。けだるそうにいった。

「そのSって男、何なのよ、探偵みたいに」

「ばかね、Sに八つ当たりすることないわよ、本気で心配していったんだから」

「分ったけど分んない」と伸子はいった。

「あなた」M子が声音を変えている。

「許したんじゃないの」

「まさか」

「ならいいけど、向こうはお金に困っているようだし、だめよつけ込まれちゃ、あなた向こうみずなんだから、いまは会ってないんでしょ」

「そうね、会ってないけど」

「つらいのは分るけど、昔の夢はやっぱり昔の夢よ、すっぱり手を切ってね」

「考えてみる」

「あれだ、はっきりしないとだめなんだからね」

あとは聞いていなかった。まだくどくどというのを生返事をして電話を切った。


展示即売会がはじまると伸子は一所懸命だった。

伸子は反物の匂いや、衣摺《きぬず》れや、琴の音に包まれながら立ちはたらく、会場独得の、いってみればみやびな気忙しさというものが好きだった。

二日めの昼近く、少し手があいて何気なく坐っていると彫金に誘ってくれた同僚のT子がすっとうしろから近づいてきて横に坐った。

「メリーさん、いま笑った?」という。

「え」とふり向くと「ちょっと」と伸予の袖を引いた。あやしく思いながら廊下へ出るとT子は手洗所へ入ってゆく。

伸予も続いて入り、ドアをしめて
「どうしたのよ」といった。

「メリーさん、あなた顔が曲がってるんじゃない」

どきりとして鏡を見た。びっくり顔が映っているけれど、いつもの自分の顔である。

「何をいってるのよ」といって思わず笑った。

そのまま棒を呑んだようになった。一瞬、鏡の中に別人が映ったと思った。一方の口のはしが極端に吊りあがっていた。

伸予は顔を覆って「ああ」と声を出した。

T子が肩を抱くようにして
「自分じゃ気がつかなかったのね、わたし遠くから見ていて気のせいかな、気のせいにしてもへんだなと思ってたのよ」

「どうしよう」

伸予は指の間から鏡を覗き見た。胸をどきつかせながら手を放してみると、何ごともない。頬の肉をそっと動かしてみた。動きにつれて口の右はしが切れあがるようだった。

「かわいそう」とT子がいう。

仲予は呆けたように立っていた。なぜか来るものが来た、という気がしていた。

「顔のことだからぐずぐずしないで病院へいったら、あとは引き受けるから」

仲予は口を押えて「おねがいします」といった。涙が出そうになるのを怺え、急いで顔を直すと責任者に断りを入れて電話帳で探した神経科のある病院へ走った。

医師は、ほかにわるいところはないかといった。いまはどこもわるくないと答えると、風邪はどうか、虫歯はどうかと医師は口腔をのぞいて、ほとんど義歯なんだとひとりごとをいった。

あしたにでも検査してみるけれど、軽い神経麻痺だろうから心配はいらない、女の顔だからつらいとは思うが、ひと月かふた月、辛抱強くマッサージでもするかという。

何やらビタミン剤らしい薬をもらって病院を出たもののゆくところがない。展示会場へ舞い戻りたかったけれど、客商売で笑うことができないのでは話にならない。

冷たい風は悪い刺戟になるという医師の言葉を思い出し、頬を押えて歩いたが風はなく、いい天気である。

けっきょく家へ帰るしかないのだからとあきらめて、タクシーを拾って駅前のバスターミナルまでいき、少し待ってそこからバスに乗った。何が起こったものやら、まだ呑み込めない気分だった。バスの窓から町並を眺めていた。市心をはずれてこれからあとは国道一本道という停留所にきたとき、仲予は急に思いついてバスをとび降りてしまった。

停留所の少し向こうにかなり大きな川が流れている。川べりが公園に姿を変えてゆくのをいつもバスから見ていたので、そこへいってみたいと思った。

歩いてみると橋まではやはりちょっとした距離だった。途中和服の女をほとんど見かけない。ついいましがたまできものの山に埋もれていた自分が古風なよそ者に思われてくる。

橋に辿りついた。袂から短い急な石段があり、そこから堤防をかねたコンクリートの自転車道が続いている。澄んだ水が川底を見せてゆるやかに流れ、中洲の枯れはじめた水柳の影を浮かべている。

伸予は流れを横に見ながら堤防を歩き、簡単な遊具を備えた小公園に着いた。中のベンチのひとつに坐って川の流れや対岸の風景や、遠い工場の煙突の煙などを眺め回した。

人影は少なかった。伸予はバッグから手鏡をとり出して正面にかざし、顔を左右に振ってみたが、やはり格別のことはないのだった。

鏡を膝において見おろすと、やさしい目つきの自分がそこから見あげていた。少し顔をずらすと、背後に深い青空がのぞける。空が底のようだった。

ためつすがめつ眺めていたけれど、じっとしている限り伸予の表情はいつもとそんなに変わりはない。

伸予は、自分は人には見せられないもうひとつの顔を持ってしまったのだと思った。手鏡をしまい、膝に揃えた自分の手の甲を見ていた。浮きあがった血管の間を、象皮のような無数の小皺が横切っている。

一方の指の腹でこすると、航跡のように皺が寄った。指のつけ根にえくぼが並んだような昔の、白いふっくらとした手がなつかしく思われる。

伸予は伏せた手の指を、右の指で一本一本開いたり、はじいてみたりした。考えることは山ほどあるようでもあり、もうなんにもなくなったようにも思われてくる。

対岸に目をやると、学校帰りの小学生らしい女の子が数人連れ立って堤防の上を歩いてゆくのが見えた。

道ばたの草を摘んだり、くるりと回転してみせたりして、のろのろと川下の方へ歩いてゆく。背恰好からみて四年生か五年生だろう。

急にみな立ち止まったと思うと、中のひとりが網代《あじろ》型のブロック作りの斜面を伝って水際に降りてゆく。

伸予はそこで、みずからの禁を犯して笑い出してしまった。

水際に降り立った少女は、遠目にも派手な柄のスカートをからげるようにしてついとしゃがんでしまったのだ。水柳にかくれたつもりだろうが、伸予からは頭とランドセルが見えている。

堤防の上では他の少女たちが一列に並んで人垣を作っている。やがて立ちあがった少女は、肘を張って下着をたくしあげ、身じまいをして、ついでに川原の小石でも拾うのだろうか、ひょいとひとつ屈んでから堤防を這いあがっていった。ランドセルがきらりと光る。

降りるときの倍も時間をかけて、少女は上からさしのべられた何本もの手にすがって堤防に引きあげられた。あとは何ごともなかったように、見ている伸予がうんざりするほどに、のろくさくもつれ合ってゆく。かわせみの囀《さえず》りのようなおしゃべりが聞こえてくるようだった。

伸予は口を押えてまだ笑っていた。そうして笑いながらも、いきなり乾いた砂地をくろぐろと濡らし、地虫をおどろかせて苦もなく去ってゆく少女の、健康で無垢な性器をねたましく思った。

伸予は公園を出てからゆきあたりのマーケットでひとり分の食料を買い込むと最前降りた停留所まで引き返し、バスに乗り直して帰ってきた。

つぎの日も病院へいった。検査の結果はやはり顔面神経麻痺である。黙っていても口の歪みが昨日よりはっきりしてきた。あまりくよくよせずに根気よく物理療法を続ければふた月もあればよくなるだろうといわれた。

痛みがほとんどないのが救いである。しかしそのふた月を人目をしのんで暮らすのかと思うとがっかりするのだ。

伸予は展示会の会期中、毎日T子に電話をかけて、様子を聞いた。一日に二度もかけたりした。急に落伍したため、忘れられてしまいそうな不安があった。

展示会が終ってしまうといよいよとり残された気分になった。彫金の仕事台に向かうと、バーナーの熱で顔がうっとうしい。長くは続けられなかった。左の目もうまく閉じなくなったこの顔ではもう当分会えないが、ただ善吉の声を聞きたいと思っていた。

ある夜、早く帰ってきた息子がきつい目で仲予を見ていった。「温泉にでもいったら、ぼくは自炊だってやろうと思えばできるんだし、いよいよとなったら会社の寮でめしを食うよ」ときに思い出したように、痛くないのかと声をかけるぐらいだったのに、やはり内心では気づかっていてくれたのかと心が温まるようだった。しかし母親の心の病いは知らずにいっているだけだから、息子の言葉といえども赤の他人の慰めごとに聞こえるのである。

「心配しないで、そのうち癒るんだからあんたは自分のお嫁さんの心配でもしてよ」と仲予は答えた。もしや、というわずかな望みが家を離れさせなかった。

十月はいい天気が続いて、一日おきの通院もらくだったが、経過はさっぱりである。

鏡に向かって左の口の端がたれた顔を見ていると、自分の顔でありながらふっとおそろしいと感じることがある。

月末になって長い雨になった。午後遅く仲予は病院帰りのバスを降り、傘をさして地蔵のところまできたとき、夏の日に洩らした善吉の言葉をふっと思い出した。

『乳母の里』とあのとき耳で捉え、仲予は文字通り解釈したつもりだったけれども、あれは乳母ではなく『姥』ではなかったのだろうか。

それも『山姥』の意味ではなかったろうか。

まだ習ってはいないけれど、謡本の目録にそういうのがある。山姥の能面も見て知っている。

まさかと思うけれど善吉はおどろおどろしい『山姥』の意味をこめてああいったのではないのか。

小径を降り、ふり返って傘の下からのぞくとあいかわらず山は高く迫っていた。その中腹を二年前にバイパスが横断するようになって、夜中にベランダから見ると、行き交う車のライトが人魂のように見えることがある。

あまり気持のいい山ではない。その山の麓の、荒れた菜園や雑木に囲まれた伸予の家は、そういえば山姥の棲家に見えないこともないのである。

伸予は唇を噛んで玄関の鍵を回した。郵便受けに白い角封筒が見えた。抜き出すと差出人の名はなく、硬貨でも入ったような手ごたえがある。

玄関に入って三和土に立ったまま封を切った。伸予の家の鍵が一個入っていた。それきりで何もない。

伸予は頬を押えて「あら、そう」といった。

鍵を指先でぶらぶらさせながら居間に入った。日の暮れが早く家の中は薄暗かった。鍵を応接テーブルの上に落とすと鍵は固い音を立て、二、三度跳ねて静止した。

何やら、なぶり殺しにされてつき返されてきた味方の屍体のようだった。明りをつけると鍵はテーブルのはし近くで小さく光りながらじっと動かなかった。わざわざ返してくれなくてもよかったのに、と思った。

電話が鳴った。汐汲み女の壁掛けに向かって受話器をとると、今夜は徹夜麻雀になるから、と息子の声がいった。

仲予は石油ストーブに火を入れてから仏間に入って着替えをした。スーツを脱ぎ捨て、下着だけになったとき、窓側の壁に寄せた姿見に全身が映っていた。

仲予は仏間の螢光燈を消し、下着を取って全裸になった。仏壇の夫をちらと見てから鏡に向かってまっすぐ立ってみた。手をあげてみだれた髪を撫でつけ、それからだらりと両腕を垂らした。

夕暮れ近い窓明りだけの中に、小柄で痩せた青白い肉体が立っていた。細面の女の首が鎖骨の上に乗っている。仲予は全身を見おろしていった。

垂れた乳房や、鋭い丸鑿《まるのみ》で抉《えぐ》ったような臍《へそ》、そこから薄く垂直の線が這って黒々と逆三角形の陰毛に達している。腰骨が突き出ていた。

太腿は白く光って見えた。そこから足首まで、若いときにはなかった筋肉のありかを示すような線影が何本も刻まれている。

両膝を密着させると二本の脚はくの字を背中合わせにしたような形で上体を支えていた。足がもっとも醜かった。爪先を外に向けて開いた足の甲は老醜の溜り場のようだった。

そうやって向き合っていると、何だか鏡全体が柩に見えてくるのだった。きみがわるくなってきて、くるりとうしろ向きになり首をねじまげてみた。肋骨が浮き出ている。臀部の肉を掌でつかみとるようにすると、肉はたるんで揺れるようである。

膝裏に刻まれた何本もの横筋はいったい、いつのまにできたのだろう。

少しずつ視線をあげて、首の上に辿りついた瞬間、伸予は小さな悲鳴をあげてしゃがみ込んでしまった。うっかりしていたのである。首を無理にねじまげていたため口の歪みはほとんど耳にまで達したようだった。

しゃがんだまま涙を流した。七月の暑い日に善吉が抱いたのは、この肉体だったのだと思った。それなのに、性器の方は、うまれてはじめての夫以外の男を苦もなく迎え、よろこんで恥じいるふうもなかったのだ。

そこだけが女であり続けるのだろうか。そんなはずはなかった。送り返されてきた鍵がそれをみごとに打ち消している。

伸予はひとつ身震いをして、大急ぎで下着をつけ、家事用のスラックスをはこうとしたときそこでもまた気が変わった。

箪笥をあけて、渋い臙脂に銀鼠色の縞の着物をえらび出した。去年のいまごろ、善吉をはじめてこの家に迎えたときに着たものだ。長襦袢を省いて、下着の上に直接着た。いましがた見た痩せて貧弱な肉体を急いで包みかくしたかった。胸のところで手早く帯を結ぶと、「いゆっ」と掛け声をかけてうしろへ回した。それから尻餅をつき、足を高くあげて白足袋をはいた。

伸予は部屋中の明りを消してベランダのガラス戸に立っていった。外は急速に暮れかかっている。風はないけれども、冷たい雨が間断なく降りつづいている。

あの日もこんなふうだったと思った。背伸びをして小径の方角を覗いてみた。地蔵のあたりで黒い蝙蝠傘がひとつ、ひょこひょこと動いている。

目を丸くして見ていると、蝙蝠傘は近づくのではなく少しずつ遠のいて木立の向こうにかくれてしまった。

伸予は雨脚を見ながらずっとそうやって立っていた。

〈初江という女も一回こっきり、ほんとかしら、でもわたしは正真正銘一回こっきり〉とつぶやいた。

武藤善吉という男は何だろうとまたしても考えている。めぐり合いを果たしていらい心の安まる日はなかったけれど、このたびは善吉の抜け殻を愛していたのだろう。

自分はたぶん前世の約束事があって、武藤善吉という年下の男におぼれるように生まれついたにちがいないが、親子ほども年のちがう女と住んでいるような善吉は、善吉であって善吉ではない。この夏、自分の体の上で荒い息を吐いて、それぎり逃げていった善吉も善吉であってそうではない。

本当の善吉はどこかまだ別のところにいて、いまだにめぐり合いなど果たしていないのかも知れず、その善吉ならばこの先いくらでも自分の体をつらぬくにちがいない。

ものもいわず鍵を突き返してよこすような無礼な男は、とてもあの善吉ではないのだった。

そして、その善吉に狂ったようだった自分もまた、伸予であって伸予ではない。たしかに山姥がいただけだ。山姥の肉を食いちぎって逃げていった男がいただけだ。

けっきょくのところ過去というものはなにやら宗教みたいなものかも知れないと思った。ねうちを信じたい人はそれにすがるけれども、それを認めない人にはたいした意味もないのだろう。

伸予はベランダのカーテンを引き、部屋を暗くしたままストーブの火を大きくすると、長椅子にどっとばかり倒れ込んでいった。

夢を見ていた。ひと組の男女がおもしろおかしく踊っていた。寺の本堂か庫裡《くり》の大広間でもあろうか、そうではなく沼の底のようでもある。

男女は双方とも面をつけていた。ふざけた踊りだけれども、面がおかめとひょっとこというのではなく、女は小面《こおもて》を、男はにやにやした童子面である。踊りがふるっていた。仕舞いのようにしずしずとではなく、剽軽なしぐさで派手に動き回るのだ。極端に顔をのけぞらせて天を仰いだかと思うと首も折れよとばかりに足もとをのぞく。片足ずつとびあがって体を左右にかしがせ、喉からはくっくと押し殺した笑いが洩れる。

女は緋の衣を引きずり、男は黄色ぽい上衣にたっつけ袴のようないでたちで、ともに御詠歌の鈴のようなものを振り鳴らしている。

ときには互いに首を振り振り近づいては、ぽんと手のひらをはじき合って左右に分れ、また同じことを繰り返す。

飾り気のない舞台の背景がどろりと澱んで暗いのに、ふたりだけが光に浮かびあがっている。鈴を鳴らしているはずだが、聞こえるのは鈴の音ではない。かたかた、かった、かたかた、かった、と床板を踏むような乾いた音だけである。それが、ああたのしいね、ああたのしいねというふうにも聞こえる。

荘厳具の輝きひとつない舞台でのその踊りは、妙にみだりがましく、しかも際限がない。夢の中で、仲予はなぜふたりが面をつけているのだろうとしきりにふしぎがっていた。

仲予が面の下を見ようと手をのばすと、ひょいと体をかわして、あいかわらず、板を踏み鳴らして踊っている。またしても仲予が首をひねっている。

ぼんやりと目をさますと、天井に火の影がゆらめいていた。ストーブの火の色がそこで踊っているのだった。実際にかたりかたりと大きな音がしている。音の方へ立ってゆくと、ベランダの軒下に吊るした物干用の青竹の一方の支えがはずれかかって、風が吹くたびにモルタル壁を叩いているのだった。

仲予は硝子戸をあけ、背伸びをして青竹を浮かせると菜園の地面に叩き落とした。青竹はころがって雨に打たれはじめた。

濡れた腕や袖の始末をして長椅子に戻ると、いま見た夢をなぞってみた。目ざめた仲予の頭では、踊りの舞台ははじめからちゃんと繭玉の中になっていて、寺の本堂や沼の底など思い出しもしなかった。

深夜、伸予はやっと口にものを入れる気になった。台所に入って湯を沸かし、立ったまま不自由な口をだましだまし茶漬けを少しかき込んだ。箸を捨てて崩れるように食卓用の椅子に坐り込んだが、妙に頭が重い。額に手をやると熱があるようだった。あんなところで眠ったりするからだと思った。

隅の彫金の仕事台が目に入った。M子から電話があっていらい、ずっと手をつけずにいたのだった。

伸予は居間に戻って毛糸の袖無しを重ね、老眼鏡をとって引き返してくると、椅子を引いて作業台に向き合った。

七分通り彫り込んだ五センチ径の銀材を手のひらに乗せてみた。目も口も鼻も備えた少年の顔がそこにある。ほうりっぱなしにしておいてごめんね、と伸予は少年にいった。

しばらく眺めてからマッチを擦《す》り、ガスバーナーに火をつけた。青い卵型の焔がぼうと音をたてて噴き出した。

伸予はじっと火に目を注いで、やがてスレート台に乗せた少年の顔に焔を這わせていった。少年の顔はしだいに熱を吸ってゆがんでゆくようだった。ピンセットで挟み上げ容器の水に突っこむと、じゅっと鋭い音をたてた。悲鳴のようだった。

伸予は左手にタガネを構え、木槌でとんと打った。頭の線がつぶれる。眉も耳もつぶしていった。冷えてくると再び焔で焼き、水につけてからぐいぐいと抉っていった。引きはじめた風邪の熱とバーナーの火のせいだろうか、軽いめまいと共に顔面にこれまでにない不快感が走った。そのとき伸予は人の声を聞いたような気がした。〈こっちを向きなさい〉とその声がいった。

つぎの瞬間には目に見えない大きな手のひらで顔面を鷲づかみにされ、横ざまに頬肉を引き据えられていた。

自分の顔の上に起こったことを伸予はそれまで善吉ひとりのしわざだとばかり思い込んでいたのだった。

少年の目をつぶしながら伸予は声を出して

「おとうさぁん」といった。

「かんにんしてよぉ、もうしないから」

ぽたぽたと涙を落としながら、少年の鼻を削り、口をそいでいった。

〈1978年「文藝」6月号初出〉

P+D BOOKS ラインアップ

| | | |
|---|---|---|
| 大陸の細道 | 木山捷平 | ●世渡り下手な中年作家の満州での苦闘を描く |
| 変容 | 伊藤 整 | ●老年の性に正面から取り組んだ傑作長編 |
| つむじ風（上） | 梅崎春生 | ●梅崎春生のユーモア小説。後に渥美清で映画化 |
| つむじ風（下） | 梅崎春生 | ●陣太郎は引き逃げした犯人を突き止めたが… |
| 淡雪 | 川崎長太郎 | ●私小説家の〝いぶし銀〟の魅力に満ちた9編 |
| 暗い流れ | 和田芳恵 | ●性の欲望に衝き動かされた青春の日々を綴る |

P+D BOOKS ラインアップ

なぎの葉考・しあわせ　野口冨士男　●一会の女性たちとの再訪の旅に出かけた筆者

金環蝕（上）　石川達三　●野望と欲に取り憑かれた人々を描いた問題作

金環蝕（下）　石川達三　●電力会社総裁交代により汚職構図が完成する

孤絶　芹沢光治良　●結核を患った主人公は生の熱情を文学に託す

サムライの末裔　芹沢光治良　●被爆者の人生を辿り仏訳もされた〝魂の告発〟

貝がらと海の音　庄野潤三　●金婚式間近の老夫婦の穏やかな日々を描く

P+D BOOKS ラインアップ

東京セブンローズ（上）　井上ひさし
● 戦時下の市井の人々の暮らしを日記風に綴る

東京セブンローズ（下）　井上ひさし
● 占領軍による日本語ローマ字化計画があった

天上の花・蕁麻の家　萩原葉子
● 萩原朔太郎の娘が描く鮮烈なる代表作２篇

海軍　獅子文六
● 「軍神」をモデルに描いた海軍青春群像劇

若い人（上）　石坂洋次郎
● 若き男女の三角関係を描いた〝青春文学〟の秀作

若い人（下）　石坂洋次郎
● 教師と女学生の愛の軌跡を描いた秀作後篇

P+D BOOKS ラインアップ

| | | |
|---|---|---|
| 終わりからの旅（上） | 辻井 喬 | 異母兄弟の葛藤を軸に、戦後史を掘り下げた大作 |
| 終わりからの旅（下） | 辻井 喬 | 異母兄弟は「失われた女性」を求める旅へ |
| ある女の遠景 | 舟橋聖一 | 時空を隔てた三人の女を巡る官能美の世界 |
| 怒りの子 | 高橋たか子 | 三人の女性の緊迫した〝心理劇〟は破局の道へ |
| 三つの嶺 | 新田次郎 | 三人の男女を通して登山と愛との関係を描く |
| 伸予 | 高橋揆一郎 | 未亡人と元教え子との30年振りの恋を描く |

（お断り）

本書は1983年に文藝春秋より発刊された文庫『伸予』を底本としております。あきらかに間違いと思われるものについては訂正いたしましたが、基本的には底本にしたがっております。また、一部の固有名詞や難読漢字には編集部で振り仮名を振っています。

本文中にはつんぼ、毛唐、一銭店屋のせがれ、坑夫、きちがい、かたわ、唖、支那、かたわ野郎、どすかたわ、めくら、片手落ち、いんであん、びっこ、部落、労務者、馬丁、鳶の者、土方仕事、つんぼ桟敷、百姓、看護婦などの言葉や人種・身分・職業・身体等に関する表現で、現在からみれば、不当、不適切と思われる箇所がありますが、著者に差別的意図のないこと、時代背景と作品価値とを鑑み、著者が故人でもあるため、原文のままにしております。差別や侮蔑の助長、温存を意図するものでないことをご理解ください。

高橋 揆一郎（たかはし きいちろう）
1928年（昭和３年）４月10日—2007年（平成19年）１月31日。享年78。北海道出身。本名、良雄。1978年に『伸予』で第79回芥川賞を受賞。代表作に『観音力疾走』『友子』など。

## P+D BOOKS とは

P+D BOOKS（ピー プラス ディー ブックス）とは
P+Dとはペーパーバックとデジタルの略称です。
後世に受け継がれるべき名作でありながら、現在入手困難となっている作品を、
B6判ペーパーバック書籍と電子書籍を、同時かつ同価格で発売・発信する、
小学館のまったく新しいスタイルのブックレーベルです。

# 伸予

2021年6月15日　初版第1刷発行

著者　高橋揆一郎
発行人　飯田昌宏
発行所　株式会社　小学館
〒101-8001
東京都千代田区一ツ橋2-3-1
電話　編集　03-3230-9355
販売　03-5281-3555
印刷所　大日本印刷株式会社
製本所　大日本印刷株式会社
装丁　おおうちおさむ（ナノナノグラフィックス）


ISBN978-4-09-352418-6